Von einem, der auszog, das Fürchten zu lehren

Von einem, der auszog, das Fürchten zu lehren

Deutsche Behörden und Geheimdienste waren schon immer schwer beschäftigt. Da gab es nicht nur die eifrige Hilfe für den großen Bruder in Übersee. Nein, es war einfach eine deutsche Tugend, immer gewaltig beschäftigt zu sein. Wer die Staatsgewalt trug, hatte viel Verantwortung und musste sich mächtig ins Zeug legen, um dieser gerecht zu werden. Von wegen 'Behördenschlaf' - das war nur etwas für Witze, Anekdoten und Satire - alles nicht wahr. Die Geheimdienste schliefen nie, schon aus Prinzip! Wo würden wir denn in einem geordneten Staatswesen hinkommen, wenn nicht jeder Ablauf streng nach vorgefassten Regeln laufen und zusätzlich noch überwacht werden würde?

Die eine Behörde hatte einen Superhelden und die andere hatte ihn auch. Wahrscheinlich gab es in jeder deutschen Institution 'Den Retter'. Jedoch das Bundeskriminalamt war ganz besonders gesegnet: Es hatte den Dacapo, einen Polizisten der Superlative. Er war immer im Dienst, war mächtig gewaltig und hatte eine Aufklärungsquote von 120 Prozent. Wenn nichts mehr ging, der Dacapo rettete jede Statistik, Budgeterhöhung und Jahresendprämie. Er lebte ausschließlich für das BKA, er war die Personifizierung der Staatsgewalt.

In der Mark Brandenburg, in deren Zentrum sich die große, bunte Stadt befand, war einiges aus dem Ruder gelaufen. Ausgerechnet in dem kleinen Städtchen Storkow (Mark) waren unerklärliche Dinge geschehen. Es war für den Dacapo an der Zeit, für Ordnung und die Durchsetzung der Staatsgewalt zu sorgen.

Mobo Doco

Mobo Doco konzentriert sich auf seine Werke - in die Öffentlichkeit tritt er ausschließlich mit deren Hilfe. Zwischen den unruhigen Jahrzehnten aufgewachsen, mag er die Zurückgezogenheit. Er denkt und schreibt über Vergangenes, Aktuelles und Zukünftiges: hier bei texorello.org.

Mobo Doco

http://texorello.org/W23C0P0

Von einem, der auszog, das Fürchten zu lehren

Eine Dacapo-Episode

texorello
http://texorello.org

ISBN 9783946373025
Auflage 2
© 30. Oktober 2018 by texorello

texorello UG (haftungsbeschränkt)
Bindower Dorfstr. 31
15745 Heidesee OT Bindow
Germany

http://texorello.org

Inhaltsverzeichnis

⊕ 1 ⊕

Das Amt

Das Quartier des Bundeskriminalamtes lag im verträumten Treptow, einem Stadtteil im Osten Berlins. Hier gab es viel Wasser und große Parks. Eine alte Kaserne bot ausreichend Platz und ein passendes Ambiente für die Gebäude des Polizeigeheimdienstes. Die metallenen Doppelstockbetten, blau-weiß-karierte Bettwäsche und hölzerne Spinde waren durch Schreibtische und bequeme Bürostühle ersetzt worden.

An Arbeitstagen hetzten hektische Beamte über die Flure und verteilten die vielen Daten, die über alle möglichen, unmöglichen und geheimen Kanäle die mächtige Behörde erreichten. Hier wurden sie kategorisiert, zugeordnet, verarbeitet und dauerhaft abgelegt. Obwohl auch an Sonntagen die Behörde nicht schlief, war es ruhig in den Häusern mit den langen Gängen. Nur ein einziger, unermüdlicher Beamter irrte durch die Flure und leerte die Kaffee- und Getränkeautomaten. Zumindest versuchte er das.

1.1 ...weile im Amt
http://texorello.org/W23C1P1

> „Ich liebe dich, mich reizt deine schöne Gestalt;
> Und bist du nicht willig, so brauch' ich Gewalt."
>
> *Johann Wolfgang von Goethe - Erlkönig*

Anfang - Datum, Ort
20. Oktober 2013 12:11 Uhr
BKA-Berlin
http://texorello.org/L20

Personen
Dacapo
http://texorello.org/P18

Objekte, Materialien
Miezi
http://texorello.org/E2

Brüllender Wüstenadler
http://texorello.org/E4

Heinz, der Dacapo, stand vor dem Getränkeautomat. Der war ganz hübsch, fand er. Große braune Tropfen und ein Strahl von Koffeinbrause ergossen sich über die Seitenwand und ein überdimensionales Glas fing diese auf. Das stimulierte ihn visuell in solchem Maße, dass er sich bei jeder Automaten-Passage genötigt sah, das Gerät zu benutzen und eine der kleinen, gekühlten und stark überteuerten Dosen zu kaufen. Er fand selbst, dass das zwanghaft war. Manchmal, wenn er kein Kleingeld bei sich hatte und er dem Zwang nicht nachkommen konnte, versuchte er den Automaten im Gebäude auszuweichen: gar nicht so einfach in einem Labyrinth aus Gängen, die systematisch mit den Geräten gespickt zu sein schienen. Er hatte bereits vermutet, dass der Maler bei deren Aufstellung seine Hände im Spiel gehabt hatte. Dem traute er prinzipiell alles zu. Die Ausweichaktionen des Dacapo glichen den Schleichfahrten eines U-Bootes, das versuchte, den Kontakt mit drohenden Wasserbomben und Zerstörern zu meiden. Als Sonar-Ersatz hatte er sich einen Gebäudeplan mit den markierten Positionen dieser großen, schwarzen Kästen in seinem Smartphone gespeichert. Sie sprengten zwar keine Boote aber seine Geldbörse. Damit waren die Getränkeautomaten in die gleiche Gefahrenklasse einzustufen. Als Ermittler und Greifer eines Geheimdienstes kannte er sich mit Klassifikationen dieser Art bestens aus.

Heute hatte Heinz Geld im Portemonnaie, niemand war in den Büros auf dem unteren langen Gang des BKA-Gebäudes UND er hatte nichts zu tun. Letzteres war ein Zustand, der ihn nervös machte. Es konnte nicht sein, dass das Verbrechen aktuell ruhte. Dies gab es nicht. Es hatte sich vor ihm versteckt, war auch auf Tauchfahrt. So blieb ihm nichts weiter übrig, als sich mit einer gekühlten Dose Limonade zu amüsieren, bis ein Einsatz kam. Sonntage konnten gewaltig langweilig sein. Er lief durch das ehemalige Kasernengebäude, das dem BKA als Quartier diente. Am Ende des Ganges, den vor Jahrzehnten Rekruten mit aufgeregt-geregeltem Durcheinander bevölkert hatten, stand ein Getränkeautomat. Hinter dem hübsch verzierten Gerät führte eine Treppe zu einer kleinen Eingangshalle. Ihre großen Glastüren ließen die Blicke aus dem trüben Halbdunkel ungehindert auf den grünen Innenhof fliehen, der heute sonnenbeschienen war. Zwischen dem Dacapo und seinem elektromechanischen Etappenziel befand sich kein Hindernis, nur einige Meter leeren Ganges. Er schmeckte bereits die Orange in der Limonade und beschleunigte in Erwartung einer Abwechslung seine Schritte. Während des Laufens zog er seine Geldbörse aus der linken Innentasche seines schweren, langen und schwarzen Ledermantels. Die großen blauen Schulterklappen leuchteten im Halbdunkel. Eine Batterie, die er vorsorglich jeden Tag lud, versorgte die Leuchtfolie zuverlässig mit Energie. In der Vergangenheit hatte es nur ein einziger Kollege gewagt, ihn wegen seines Aufzuges 'Zirkuspolizist' zu nennen. Einen Tag später hatte der Dacapo dafür gesorgt, dass dieser Kollege ihm als Partner bei einem Einsatz zugeteilt wurde. Zwei Tage später hatte sich dieser auf eigenen Wunsch in die gefahrlose Aktenregistratur versetzen lassen, war wegen psychischer Instabilität für zwei Monate beurlaubt und auf einen Bauernhof gesandt worden. Heinz war der Dacapo - er war die mächtige Verkörperung der Staatsgewalt. Er war gewaltig. In diesem Augenblick wurde er gewaltig von einem Getränkeautomaten angezogen.

Als das erste Zweieurostück im Münzschlitz des Gerätes verschwand, war die Welt noch in Ordnung. Vor der Tür, am Ende des Ganges, schien die Sonne. Hinter der Glasscheibe des Automaten leuchtete das Licht der Verheißung. Einen Augenblick später brach für Heinz die Welt zusammen. Anstatt des rollenden Geräusches, das sich in den Tiefen des dunklen Kastens verlor, erklang nur ein kurzes 'Rrrrlll-klick'. Aus, vorbei. Die Hand mit der zweiten Münze, die bereits erhoben war, verharrte in der Luft. Heinz sah verdutzt den Automaten an. Er hätte ein 'Rrrrrllllrllrllrrlllll-klick-klick-klack-rllll-ggggrrr-klack' erwartet. Natürlich war er als Power-User mit den Eigenheiten und Geräuschen der Technik bestens und intensiv vertraut. Schließlich diente sie der Befriedigung seiner Zwänge. Das rechte Ohr an die Seitenwand des Gerätes gelegt, versuchte er, jeden Laut hinter der Blechfassade zu erfassen. Vielleicht hatte ein Techniker bei der letzten Wartung mehr Öl als sonst genutzt und die Verdauung der Münzen ging jetzt wesentlich geräuschloser vonstatten, als noch vor einer Woche. Es war nichts weiter zu hören, als ein leises Brummen, offensichtlich von der Kühlung. Als er sich wieder der Front des großen, stummen Kastens zuwandte, flimmerte von links nach rechts über die Leuchtanzeige unter dem Münzschlitz das Wort 'Störung'. Zuerst irritierte ihn nur die hohe Geschwindigkeit und das flackernde Hüpfen der Schriftzeichen. Etwas später wurde ihm bewusst, dass der Getränkeautomat keine Büchse auswerfen würde und sein Geldstück irgendwo in dessen Innereien verklemmt war. Das Rollgeräusch war nur sehr kurz zu hören gewesen. Wahrscheinlich war die Münze bereits direkt hinter dem Einwurf stecken geblieben. 'Wenn ich etwas nachhelfe, dann wird das schon', dachte der Dacapo. Natürlich fiel ihm sofort der Reinigungsstab seiner Dienstwaffe, des brüllenden Wüstenadlers, ein.

Er spürte die große, schwere Pistole mit dem 10-Zölligen Lauf in dem Holster, das auf dem Rücken in seinen weiten Ledermantel gearbeitet war. Der Reinigungsstab war in der rechten Innentasche des Mantels, zusammen mit Putzlappen und einem Fläschchen Waffenöl. Man musste immer vorbereitet sein. Er konnte sich nicht darauf verlassen, zwischen zwei Einsätzen zurück in die Dienststelle zu kommen. Seine Dienstwaffe gebrauchte er bei

Brüllender Wüstenadler
Der brüllende Wüstenadler ist ein mächtiges Schießeisen ... im wahrsten Sinne des Wortes. Der Dacapo trägt es ständig mit sich herum und es ärgert ihn, wenn er es nicht mindestens einmal am ...

jedem Einsatz, ausnahmslos! Genau dazu war sie schließlich da, um die Staatsgewalt durchzusetzen. Was für ein Glück er wieder hatte! Der Reinigungsstab passte gerade noch so in den Schlitz des Münzeinwurfes. Der Dacapo schob ihn vorsichtig immer weiter in die Tiefe des Automaten. Aha! Schon nach wenigen Zentimetern traf er auf einen Widerstand. Widerstand war etwas, das es für den Dacapo schon aus Prinzip nicht gab. Jetzt war es mit der Vorsicht vorbei: Bei Widerstand musste mit der gesamten Härte und Gewalt der Staatsmacht durchgegriffen werden. Ein kräftiger Ruck, der Reinigungsstab rutschte weitere zwei Zentimeter in den Schlitz und aus dem Inneren der Maschine war ein 'Rrlllllg' zu vernehmen. Zwar war dies sehr kurz, aber deutlich und ausreichend, um dem Dacapo ein Lächeln ins Gesicht zu zaubern. 'Na geht doch!', dachte er und versuchte den Stab mit noch mehr Druck weiter in das Innere des Automaten zu treiben. Dieser wehrte sich jetzt und hielt erfolgreich stand. Nichts bewegte sich mehr, weder vor, zurück noch drehend war der Reinigungsstab dazu zu bewegen, seine Position zu verändern. 'Aktiver Widerstand gegen die Staatsgewalt!', schoss es dem Dacapo durch den Kopf. Das war in keinem Falle hinnehmbar und zu

Verhandlungen war er schon aus Prinzip nicht bereit. Er riss und rüttelte an dem Ende des Stabes, der mit dem Getränkeautomaten zu einer Einheit verschmolzen zu sein schien: nichts! Ohne lange zu überlegen und seiner Wut freien Lauf lassend, griff er mit beiden Händen fest um das aus dem Automaten ragende Ende des Reinigungsstabes und stemmte sich mit beiden Füßen gegen das Glas, hinter dem noch immer das Licht der Verheißung leuchtete. Er hing jetzt an dem Automaten, fast einen Meter über dem Boden. Die Schöße seines Mantels baumelten herunter und berührten gerade noch den Boden. Unter lautem Stöhnen rüttelte er an dem Stab. Heftige Vibrationen gingen durch die Maschine. Der Stab löste sich jedoch nicht und aus der rechten Außentasche des Mantels war ein ängstliches Fiepen zu hören. Erstaunt hielt der Dacapo inne. Mit solch nachdrücklichem Widerstand hatte er nicht gerechnet. Auf der Straße traute es sich niemand, ihm den Weg zu verstellen. Jeder Verbrecher ließ sich von ihm freiwillig verhaften und solch ein dummes Stück Technik probte den Aufstand? Nicht mit ihm! Mit einem gewaltigen Ruck, kräftigen Rüttlern und gezielten Tritten malträtierte er den aufständischen Widerständler. Da er immer noch an dem Automaten und über dem Fußboden hing, konnte er sich mit seinem gesamten Gewicht nach hinten werfen. Das machte der Getränkeautomat nicht länger mit: Er unterließ jegliche Gegenwehr und gab auf. Langsam, wie in einem in Zeitlupe abgespielten Film, kippte der große Kasten in den Gang hinein. Er wurde in seiner Fallbewegung noch einmal kurz durch das Stromkabel aufgehalten. Dieses spannte sich straff zwischen dem Automaten und der Steckdose in der Wand. Es war nur eine sehr kurze Verzögerung. Mit einem 'Plllll' sprang der Stecker aus der Dose und der Getränkeautomat kippte vollständig auf den in einem gewaltigen Wutanfall zappelnden Dacapo. Dieser lag nur kurzzeitig unter dem schwarzen Kasten. Er wälzte sich unter der Maschine hervor und diese kippte laut polternd auf die Seite. Den finalen Sturz überlebte die Sicherung der Fronttür nicht. Sie sprang auf, klappte auf den Boden und zersprang in viele, glitzernde Splitter. Die Dosen, die das Innere des Automaten gefüllt hatten, rollten polternd und klackend über den Gang des ehemaligen Kasernengebäudes. Sie mischten sich mit den vielen unterschiedlichen Münzen, die aus der geborstenen Front hervorquollen. Dort, wo vor einigen Jahren noch Rekruten mit der Bohnerkeule sinnlose Strafen für nicht existente Vergehen abarbeiten mussten, hüpften nun bunte Getränkedosen über die blanken, glatten Fliesen. Heinz lief den Dosen hinterher und rutschte mehrfach auf den Münzen aus, die sich schnell über den gesamten Gang verteilten. Er versuchte die Dosen zu fangen und einzusammeln. Sie polterten und hopsten lustig den Gang entlang und die Treppe hinunter. Zwischen ihnen hüpfte der Dacapo. Der Innendruck machte die dünne Aluminium-Außenhaut elastisch. Sie sprangen wie Gummibälle hin und her. Einige Dosen platzten auf der Treppe und Schaumfontänen ergossen sich in den Gang und Vorraum. Orange Zungen liefen an den Wänden und den Fenstern des Eingangsbereiches langsam herunter. Die Spritzer der Limonade erinnerten Heinz an die orangen Markierungen 'Des Malers'. Erschrocken sah er sich um: War der jetzt auch noch hier? Als er das Chaos hinter sich erblickte, dachte er nur noch an Flucht, um der orangenen Hölle zu entgehen.

Der Dacapo griff sich eine Dose aus der Luft, gerade als diese an ihm vorbeihüpfte und flüchtete durch den Eingang in den Innenhof zwischen den Gebäuden. In der rechten Außentasche seines Mantels fiepte es immer ängstlicher und lauter. Als er die Tür öffnete, die in die helle, freundliche Freiheit führte, rollte eine Münze an ihm vorbei. Es schien ein Zweieurostück zu sein. Er hatte augenblicklich das seltsame und dumpfe Gefühl, monetär ausgelacht zu werden. Offensichtlich verhöhnte ihn das Geldstück auch noch, das ihm den Ärger mit dem Automaten eingebrockt hatte. Es rollte und hüpfte leicht und lustig klimpernd an ihm vorbei und auf eine Bank zu. Vor dieser blieb es liegen und die von dem silbrig und goldenen Metallstück reflektierten Sonnenstrahlen blitzten den Dacapo an. Trotz des Sonnenscheins im Innenhof wurde es schlagartig dunkel um ihn. Eine virtuelle Wolke aus Ärger und Wut nahm ihm das Licht der Freude. Das musste er sich nun wirklich nicht gefallen lassen. Eine respektlose

Euromünze - wahrscheinlich in einem dieser Mittelmeerländer geprägt! Er setzte sich aufrecht auf die Bank, legte eine achtunggebietende Miene auf und griff sich mit der rechten Hand über die linke Schulter. Während ein kleiner Hund aus der rechten Außentasche seines Mantels sprang, manövrierte er geschickt DIE Dienstwaffe aus dem Rückenholster seines Mantels und hob sie über die Schulter. Beim Anblick der großen, blanken Pistole mit dem 10-zölligem Lauf duckte sich der Pekinese unter die Bank und fiepte erschrocken. Aus der Entfernung von nur einem halben Meter zielte der Dacapo, zugegeben etwas verkrampft wegen seiner aufrechten Sitzhaltung, auf die aufrührerische Münze. Ihm war, als ob das Metallstück augenblicklich stumpf wurde. Aha, die Abschreckung durch Drohung mit aktiver Ausübung der Staatsgewalt funktionierte also noch! Die halbzöllige Munition würde bei einem Treffer nicht viel von dem Zweieurostück übrig lassen. Es war nur ein kleiner Ruck am Abzug aber ein großer Augenblick für die Verbrechensbekämpfung: Ein dumpfer Knall rollte zwischen den alten Kasernengebäuden hin und her und suchte einen Ausweg aus dem Innenhof. Der Dacapo war in eine Wolke von Pulverdampf gehüllt und versuchte den Rückstoß auszubalancieren. Mit abgewinkeltem Handgelenk nutzte man nun einmal nicht einen solch riesigen 'Schießprügel'. Er war so beschäftigt, dass er gar nicht bemerkte, wie Miezi - der kleine Hund - die Münze geschickt mit einer Pfote in das nächste Gebüsch kickte. Schon seit vielen Jahren gab niemand mehr dem Dacapo scharfe Munition: Viel zu gefährlich, war die einhellige Meinung. Sein Auftreten war erschreckend genug. Damit hatte er bisher jeden Verbrecher überwältigt, der in seine Nähe kam. Er selbst hatte den Trick mit der Munition immer noch nicht mitbekommen, hielt er sich doch für einen schlechten Schützen, der diesen Nachteil durch intensiven Gebrauch der Waffe und höheren Munitionsverbrauch ausgleichen musste. Selbst Miezi hatte inzwischen verstanden, dass die beeindruckende Waffe in den Händen des Dacapo nur ein Blindgänger war - leider ein sehr lauter Blindgänger. Zum Glück für die Behörde konnte sich der kleine Hund nicht verplappern. So lebte der Superheld des BKA weiterhin im Glauben, mächtig scharf bewaffnet zu sein. Und der Erfolg gab ihm recht: Die rebellische Münze war weg.

Der Dacapo kam auf der steinernen Bank im Innenhof langsam zur Ruhe. Nur Miezi war noch aufgeregt und beschwerte sich durch lautes Kläffen bei ihm über das Chaos. Er ignorierte die Meinungsäußerung seines Begleiters und konzentrierte sich auf die Limonadendose, die er noch in seiner linken Hand hielt. Einige Sekunden starrte er gedankenlos auf diese. Nachdem ihm bewusst wurde, dass bloßes Anblicken die Dose nicht öffnen würde,

Miezi
Der ständige Begleiter des Dacapo hat eine deutliche Vorliebe für Fleisch - bei seiner Herkunft ist das nicht verwunderlich. Brot und Karotten stehen wirklich nicht auf seinem Speiseplan.

http://texorello.org/M40

zog er kurz entschlossen an der Verschlusslasche. Leider hatte er den vorhergehenden, gemeinsamen Tanz über die Flure des BKA vergessen, den er mit dem Getränk aufgeführt hatte. Gut geschüttelt war das kleine Aluminiumrohr mächtig explosiv. Ausnahmsweise lag das einmal nicht am Dacapo, obwohl er wiederum der Auslöser in doppelter Beziehung war. Mindestens die Hälfte des Inhaltes sprudelte aus der Dose hervor. Einzelne kleine, orange Fontänen und eine Unmenge gelblichen Schaumes suchten sich ihren Weg in die Freiheit der Parkanlage des Innenhofes. Dort, wo die orangen, klebrigen Tropfen den Boden erreichten, trafen sie nicht nur auf Gehwegplatten und Gras. Auch Miezi, der kleine Pekinese, wurde durchnässt. Leicht orange gepunktet, knurrte er den Dacapo böse an. Der ignorierte den Protest seines Begleiters zum zweiten Mal und trank genüsslich schlürfend den in der Dose verbliebenen Rest der Limonade. Er war seinem Zwang gefolgt und endlich zufrieden. Die Sonne blinzelte ihm ins Gesicht und er verspürte Müdigkeit nach der anstrengenden Jagd auf eine Getränkedose. So legte er sich auf die Bank, um bis zum nächsten Einsatz etwas zu ruhen. Die Bank war aus Stein und hart, nicht unbedingt zum Schlafen geeignet: Denn der Geheimdienst schläft nie! Miezi knurrte immer noch unter der Bank, nun bereits wieder getrocknet. Kurz entschlossen griff der Dacapo nach dem kleinen Fellknäuel, stopfte es sich als Kissen unter den Kopf und schlief ein.

****

Ein lautes Knurren ließ den Dacapo erwachen. Irritiert sah er sich um. Er benötigte einige Sekunden, um Erinnerungen an die letzte Stunde wach zu rufen. Ganz am Ende einer Kette von wirren Gedankenverknüpfungen traf er auf die Ereignisse, die ihn auf die harte Bank gebracht hatten. Miezi saß neben ihm auf dem Boden und knurrte die linke Außentasche seines Mantels an. Diese hing von der Bank hinunter und in ihr klingelte ein Telefon. 'Hoffentlich ein Einsatz!', dachte der Dacapo, der sich bereits kurz nach dem Erwachen langweilte.

Ende - Datum, Ort, Personen, Objekte, Materialien

20. Oktober 2013 14:38 Uhr
BKA-Berlin
http://texorello.org/L20

Dacapo
http://texorello.org/P18

Brüllender Wüstenadler
http://texorello.org/E4

Miezi
http://texorello.org/E2

⊕ 2 ⊕

Querschläger

Irgendwann war auf dem Amt auch die letzte Ruhe vorbei. Die Telefonleitungen waren immer geschaltet und wurden freigehalten: Alles war zur Aufnahme neuer Informationen vorbereitet. Das CallCenter war einer der wenigen, offiziellen Eingänge in den mächtigen Geheimdienst. Aufmerksame Beamte mit Kopfhörern lauchten auf jede Lautäußerung, die aus der Außenwelt eintraf.

So kam auch ein Anruf aus dem fernen Storkow in der mächtigen Behörde, mitten in der großen Stadt an. Und das Unheil nahm seinen vorbestimmten Lauf...

2.1 Hier hat jeder Anruf Folgen
http://texorello.org/W23C2P6

> Weit offene Ohren vergessen leicht,
> was ihnen anvertraut wurde.
>
> *Horaz*

Anfang - Datum, Ort
18. Oktober 2013 20:33 Uhr
BKA-Berlin
http://texorello.org/L20

Immer wenn beim Polizeigeheimdienst sämtliche Beamte beschäftigt waren und die neue Angelegenheit seltsam erschien, kam der 'Polizist zur besonderen Verwendung' zum Einsatz. Er hatte die 'x-Files des BKA' in seiner Verwaltung. Genau diese Situation war anlässlich eines Anrufes aus Storkow (Mark) wieder einmal eingetreten.

"Hier ist der Notfalltelefondienst des Bundeskriminalamtes."

"Jo-ah-ha, isss-ah de Jeheimdienst?"

"Haben sie etwas zu melden, Herr Bürger?", fragte der CallCenter-Agent in der BKA-Zentrale irritiert.

"Isch melllden? Uppps, mein Bia..." Nach einer kurzen Unterbrechung ging es weiter "... ahh, nich von Tisch jerutscht."

"Legen sie bitte auf, wenn sie keinen Sachverhalt zu melden haben!" war die energisch vorgetragene Antwort. 'Die vielen Softskill-Trainings sind schon ganz brauchbar', dachte der Agent. Er hoffte damit, um das Verfassen eines 'Lall-Protokolls' herumgekommen zu sein. Leider wurde seine Hoffnung durch den Fortgang des Gespräches enttäuscht.

"Isch meld-e: trans-nie-nie-nistri Bombe hat Wonnung abjebrannt... heute Morjen... hier Storkow. So, jetz mussi Schluss machen - nächsde Biar kommt." Damit legte der 'Melder' auf.

Nachdem der Agent das Protokoll vervollständigt und weitergeleitet hatte, begab er sich zum Wasserspender. 'Wasser ist für den kompletten Durchblick auf jeden Fall besser als Bier', war sein Gedankengang dazu, während das Protokoll durch die elektronischen Gänge des Geheimdienstes wanderte. Diese waren meist lang und mit Checklisten und Quality-Gates gespickt. Für einen Vorgang dieser Brisanz gab es zum Glück eine Abkürzung. Zielsicher landete er beim Dacapo, der 'letzten Instanz' für seltsame und sinnlose Fälle - und dieser sah sich das bereits zwei Tage später an.

Ende - Datum, Ort
18. Oktober 2013 20:41 Uhr
BKA-Berlin
http://texorello.org/L20

2.2 Neben der Spur
http://texorello.org/W23C2P1

Geschwindigkeit wird nie so sehr bewundert als von Saumseligen.

William Shakespeare

Anfang - Datum, Ort
20. Oktober 2013 15:10 Uhr
Berliner Ring - Abfahrt
Fredersdorf
http://texorello.org/L21

Personen
Dacapo
http://texorello.org/P18

Objekte, Materialien
Miezi
http://texorello.org/E2

Überblauer Einsatzwagen
http://texorello.org/E3

Der Motor des 1970-er Oldtimers brüllte laut und tief. Der V8-Block hatte gut zu tun und wütete unter der Motorhaube. 'Wieder so'ne langweilige Autobahnfahrt', dachte Heinz. An den Fall, den er untersuchen sollte, mochte er schon gar nicht denken: Eine 'terroristische transni-Bombe' sollte in Storkow, mitten in der Mark Brandenburg, explodiert sein. So ein Unfug! Da gab es keine Terroristen, sondern nur Kühe. Was auch immer die Menschen der Kleinstadt irritiert hatte, er würde es zur Strecke bringen. Terror-Monster waren seine Spezialität. Schließlich kam er aus der großen Stadt, da ließ er sich nicht von Provinzterroristen hinters Licht führen. Und außerdem hatte er eine Waffe bei sich. Das war die einzige Erholung, die er sich während der Arbeit gönnte: der Gebrauch der Dienstwaffe. So wie die Autobahn ihn deprimierte, würde er die Pistole ausgiebig nutzen - sehr ausgiebig.

Pfeifend zog eine große, silbrige Audi-Limousine links an ihm vorbei. Eine Reihe von Lichtreflexen, die die bereits tief stehende Sonne auf der Außenhaut des glänzenden Wagens erzeugte, huschten durch den Innenraum des überblauen Einsatzwagens. Jeder einzelne traf - aus Bosheit oder auch nur Zufall - in die Augen des Fahrers und blendete ihn. Instinktiv trat der Dacapo auf das Gaspedal und musste erschüttert feststellen, dass es bereits das Bodenblech berührte. Mehr als 150 km/h und gewaltiges, kraftvolles

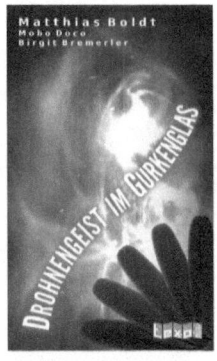

Drohnengeist im Gurkenglas

Mitten in der Mark Brandenburg geht Attila seine Selbstveränderung an. Leider kommt dabei einiges zu Schaden. Ein Feldherr hat die Lage, sich selbst und die Truppen im Griff. Attila versucht nur n...

http://texorello.org/M37

Dröhnen war nun einmal nicht erreichbar. Der Oldtimer 'machte mächtig was her' - nur nicht auf der Autobahn. Deshalb waren Autobahnen und die Fahrten darauf, bei ihm verhasst. Grimmig zog er die Augenbrauen zusammen und in Gedanken zählte er noch einmal die Magazine, die er mitgenommen hatte. Wenn ihn jetzt niemand mehr überholte, dann würden die fünf vielleicht ausreichen, um ihm sein seelisches Gleichgewicht wieder zu geben. Es war Sonntagnachmittag im Herbst. Wer fuhr jetzt noch aus der großen Stadt hinaus aufs Land? Bald würde es dunkel werden und Kuhbeobachtung war dann nicht mehr möglich. Die Autobahn war entsprechend leer. Das nutzten einige Liebhaber schneller Wagen. Ein Porsche heulte an ihm vorbei. Obwohl er auf der rechten Spur fuhr und der Sportwagen den äußeren, dritten Fahrstreifen benutzte, war das Heulen laut und durchdringend. Zuerst zuckte der Dacapo erschrocken zusammen, dann stieg Wut in ihm auf. Seine Augen blickten zusammengekniffen durch die große, dunkle Hornbrille: Er fixierte die Rücklichter des schnell kleiner werdenden Fahrzeugs. Instinktiv griff er mit der rechten Hand über seine linke Schulter und versuchte seine Dienstwaffe, den brüllenden Wüstenadler, aus dem Rückenholster zu reißen. Der Aufprall seiner Fingerspitzen auf der Lehne seines Sitzes, erinnerte ihn an seinen gegenwärtigen Aufenthaltsort und der Schmerz in den Fingern ließ ihn aufheulen. Sonst war er immer der Erste - insbesondere mit seiner Pistole! Zu seinem Glück war die Vorspur des Wagens korrekt eingestellt. So störte es auf dem geraden Streckenabschnitt der Autobahn nicht, dass er beide Hände vom Lenkrad genommen hatte. Das Massieren der Fingerspitzen ließ den Schmerz in diesen langsam verklingen und der Oldtimer röhrte auch ohne sein Eingreifen weiter geradeaus. 'Ich brauch 'ne Bordkanone' sinniert er. Da war doch so eine Dokumentation im Fernsehen gewesen. Im Land der unbegrenzten Möglichkeiten haben sie ein EMP-Dings gebaut. Mit diesem sollten Polizisten die Elektronik in Fahrzeugen einfach ausknipsen können. Er war Polizist, also stand ihm das zu und sein Oldtimer war außerdem auch noch immun dagegen. Damit bildeten er und sein Einsatzfahrzeug die ideale Symbiose für den Test moderner Verbrecherjagdwerkzeuge. Er musste sich in den kommenden Tagen nur umhören. Irgendwer in der großen Stadt konnte das unter Garantie werkeln. In Berlin gab es einfach alles und jede Lösung. Dass sich so eine Kanone in seinen Einsatzwagen integrieren lassen würde, war sicher. Ein neuer Plan zur Perfektion der Verbrechensbekämpfung war geboren. Seine Stimmung begann sich wieder leicht zu heben. In seiner Fantasie stoppte er ein Fahrzeug nach dem anderen auf der Autobahn - und alle waren sie mit Verbrechern zum Bersten gefüllt. Sein Vorrat an Handschellen, den er immer im Kofferraum des Wagens hatte, reichte schon nicht mehr aus. Als sein Blick zufällig auf das altertümliche Kassettenradio fiel, erinnerte er sich an die Musikkassette mit einem Album von AC/DC, die schon seit mehreren Jahren in diesem steckte. Das war die richtige Musik für eine erfolgreiche Verbrecherjagd! Ein entschlossener Klick auf die Abspieltaste förderte keinen Ton aus den Lautsprechern. Nachdem er alle Knöpfe nacheinander betätigt hatte, kämpfte sich aus einem entlegenen Winkel seines Hirns ein Gedanke in sein Bewusstsein: 'Ach ja, man muss am

Lautstärkeregler drehen.' Mit einem leichten Knacken schaltet sich das Gerät ein. Dann dreht er mit Schwung die Lautstärke bis zum Anschlag auf. Krächzend versuchte das historische Gerät mit der Stimme von Bon Scott das Dröhnen des V8-Blocks auf dem 'Highway to Hell' zu übertönen.

Es blieb beim kläglichen Versuch und der Dacapo wurde bei 'Nobody's gonna slow me down' daran erinnert, dass das gerade jetzt auf ihn nicht zutraf. Wütend hieb er auf die Auswurftaste des Spielers. Die Kassette bekam so viel Schwung, dass sie herausschoss und bis auf die hintere Sitzbank flog. Dort traf sie zielsicher die bellende Miezi. Der kleine Pekinese hatte es sich auf dem abgesteppten Leder bequem gemacht, genoss die Fahrt und erholte sich vom Katzenfutter, das sein Begleiter

Überblauer Einsatzwagen
Eines Tages stand dieser Oldtimer verwaist auf einem Innenhof des Bundeskriminalamtes in Berlin. Der Dacapo nahm sich des Wagens an und dekorierte ihn mit vielen Leuchten. Nun ist sein 'Überblaues...

http://texorello.org/M41

ihm immer wieder verabreichte. Dieser hatte sich nach vielen Monaten des Zusammenlebens nach wie vor nicht damit angefreundet, dass ihm ein Hund und keine Katze zugelaufen war. Das Plastikgeschoss, das den Kopf von Miezi getroffen hatte, befand sich jetzt in dessen Maul. Der kleine Hund knurrte laut und wütend über die Störung seiner nachmittäglichen Ruhe. Er schüttelte die Musikkassette so stark, dass das Magnetband in weiten Schleifen herausgeschleudert wurde. Die braunen Fäden, die überall vor ihm durch die Luft wirbelten, steigerten seine Aufregung und Wut. Er versuchte, sie mit seinen kurzen Vorderbeinen zu erhaschen. Dafür hüpfte er auf der Rückbank des Oldtimers wie ein Gummiball auf und ab. Heinz konnte das Wüten nur im Rückspiegel verfolgen. Der kleine Hund tauchte immer wieder an einer anderen, überraschenden Position über den

Rückenlehnen der Vordersitze auf. Einige Male stieß er laut krachend an die Decke der Fahrgastkanzel und prallte - wirklich wie ein Gummiball - in eine andere Richtung ab. Jeder, der sich lang genug anstrengt, erreicht sein Ziel - auch Miezi. Nach wenigen Sekunden Knurren und Hüpfen ähnelte das Tier einem braun-weißen Minizebra. Es war in das gesamte Magnetband der Kassette gewickelt, deren Gehäuse der Hund kurz darauf laut knackend zerbiss. Das war das endgültige Aus für die Kassette. Keine Musik von AC/DC mehr während der Fahrt! So bekam des Dacapos Laune ein historisches Tief. Im Gegensatz zu ihm lag der eingewickelte Pekinese wieder zufrieden auf der Rückbank.

****

Das Benzingemetzel im vorderen Teil des Wagens trieb nicht nur die Nadel der Wassertemperaturanzeige zitternd über eine rote Grenzlinie. Es hatte auch verheerende Auswirkungen auf die Tankanzeige daneben. 'Mist, schon wieder fast leer - ich war doch erst gestern an der Tanke.' Die Abfahrt Erkner auf dem Ostring kam in Sicht. Dort gab es eine Tankstelle, wusste Heinz - leider am falschen Ende des Ortes. In letzter Sekunde riss er das Lenkrad zur Seite und schaukelte den schweren Wagen auf die Ausfahrt. Das Knurren der erschrockenen Miezi wanderte in seinem Rücken von rechts nach links. 'Nächstes Mal schnalle ich das Viech an! Ist besser für die Inneneinrichtung', schoss es Heinz durch den Kopf, bevor er sich auf die Ausfahrt konzentrieren musste. Er konnte eingeknickte Begrenzungspfähle nicht ausstehen. Diese störten sein polizeilich, ästhetisches Empfinden.

Ende - Datum, Ort, Personen, Objekte, Materialien

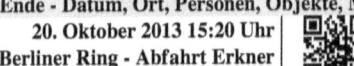
20. Oktober 2013 15:20 Uhr
Berliner Ring - Abfahrt Erkner
http://texorello.org/L22

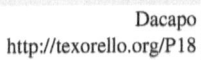
Dacapo
http://texorello.org/P18

Miezi
http://texorello.org/E2

Überblauer Einsatzwagen
http://texorello.org/E3

2.3 Vor den Toren der großen Stadt

http://texorello.org/W23C2P7

Wer rastet, der rostet und
wer ausrastet, der zahlt.

Märkisches Sprichwort

Um zur Tankstelle zu gelangen, musste Heinz quer durch den Ort fahren. Obwohl er für sich als 'Polizist im dringenden Einsatz' keine Notwendigkeit sah, sich an die vorgeschriebene Höchstgeschwindigkeit zu halten, empfand er diese Unterbrechung seiner Fahrt als unakzeptabel. Aber: ohne Benzin kein Dröhnen, keine Bewegung und keine Einschüchterung der Verbrecher. Die Unterführung unter der Bahn nahm er mittig. Zum Glück der ihm nicht entgegenkommenden Fahrzeuge war er schnell durch diese hindurch und am dahinter befindlichen Kreisverkehr. Dieser war eng und mit 60 km/h für einen schweren und weich gefederten Oldtimer eine wahre Herausforderung. Eine ältere Frau, festlich gekleidet und wohl auf dem Weg zum sonntäglichen Besuch der Konditorei, hielt erschrocken die Luft an. Aus schreckensweit geöffneten Augen beobachtete sie, wie ein großes Auto in den Kreisverkehr raste. Dröhnend und quietschend trotze der Wagen den Gesetzen der Radial-, Flieh- und Schwerkräfte. Die linken Räder schwebten bereits einen halben Meter über den Asphalt, während das Auto im Kreis schleuderte. In dem der Frau

Anfang - Datum, Ort
20. Oktober 2013 15:21 Uhr
Berliner Ring - Abfahrt Erkner
http://texorello.org/L22
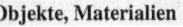

Personen
Dacapo
http://texorello.org/P18

Objekte, Materialien
Miezi
http://texorello.org/E2

Überblauer Einsatzwagen
http://texorello.org/E3

Brüllender Wüstenadler
http://texorello.org/E4

zugewandten hinteren, dreieckigen Fenster hing ein kleiner, bräunlich-weißer Hund. Dieser wurde von den Fliehkräften gegen das Glas gedrückt. Er zappelte gegen die Gewalt der Physik an und bellte, scheinbar ohne Wirkung, gegen diese Fahrweise. Bevor das Fahrzeug umschlagen konnte, ließ der Fahrer den Kräften ihren Willen und es schlingerte quietschend aus dem Kreisverkehr in Richtung Ortsausgang davon. Die wiedergewonnene Stabilität seines Wagens nutzte der Fahrer sofort aus. Er trat das Gaspedal durch und der V8 Motor beantwortete dies mit lautem Röhren. Die letzten Tropfen des Benzins wurden vom Tank in Richtung der Vergaser gepumpt. Erst nachdem der Lärm verklungen war, wurde der Frau bewusst, dass sie während des gesamten Geschehens das Atmen vergessen hatte. Die Luft aus ihren Lungenflügeln entlud sich in einen spitzen Schreckensschrei.

****

An der Tankstelle fuhr Heinz, ohne auch nur an eine Verminderung der Geschwindigkeit zu denken, auf die Einfahrt. Er hatte auf der geraden Straße im Ort etwa 70 km/h erreicht. Polternd hüpften die Reifen über den Bordstein, der den Rasenstreifen zwischen Tankstelle und Straße abgrenzte. Direkt neben den Zapfsäulen schaltete er in den Leerlauf und zog die Handbremse mit einem kräftigen Ruck an. Alle vier Reifen verfielen in ein lautes Quietschen, der Wagen vollführte eine prompte 180-Grad Wendung und rutschte unter infernalischen Geräuschen seitwärts bis vor die zweite Benzinpumpe. Schaukelnd kam das große amerikanische Gefährt zum Stillstand. Es wiegte sich in seiner Federung und Heinz ließ die acht Zylinder noch einmal aufbrüllen, bevor er die Zündung abschaltete. Der Rauch vom Gummiabrieb verwehte langsam zwischen den Zapfsäulen.

Im Inneren des Tankstellenshops war der Lehrling an die Glastür geeilt. Er wollte sich das Schauspiel nicht entgehen lassen und zu dem interessanten Wagen laufen. Der Tankwart kannte den Dacapo bereits. Bei fast jedem Einsatz südlich von Berlin entdeckte dieser in Erkner, dass der Tank seines Einsatzwagens leer war.

"Du setzt dich jetzt da hinten in die Ecke, sagst keinen Ton und kommst erst wieder zum Vorschein, wenn ich's dir sage", war die Ansage des Tankwarts.

"Ja aber ich ..."

"Willst du morgen noch leben oder etwa nicht?"

Unter dem Vordach der Tankstelle öffnete der Dacapo den Tankdeckel am Heck des Wagens. Zum Vorschein kam ein dunkles Loch, scheinbar ohne Boden. Diesem Schlund hatte er bereits hunderte von Liter Benzin geopfert. Alles war darin verschwunden, ohne jemals wieder aufzutauchen. Ein mächtiger Sog erfasste ihn und versuchte ihn in Richtung des gefräßigen, schwarzen Loches zu ziehen. Es würde nicht nur das Benzin, sondern auch ihn verschlingen. Mit aufgerissenem Mund und geweiteten Augen blickte er auf das magisch, mystische Loch und stolperte erschrocken rückwärts.

"Hugh!"

Den Benzinrüssel hatte er schon aus der Halterung an der Zapfsäule genommen. Der Schreck ging so tief, dass der Dacapo den Griff der Pistole am Ende des Schlauches fest zusammendrückte. Eine Fontäne gelben, stark riechenden Kraftstoffes schoss hervor und zerteilte sich in der Luft in viele kleine Tropfen. Dort wo diese auf den Betonboden trafen, bildete sich leichter Schaum, der schnell wieder zerfiel.

"Oh, wow! Das's 'mal Action", staunte der Lehrling im Shop, dessen Nase bereits das Fenster berührte.

Der Tankwart schüttelte den Kopf: "Nee, is' nur 'ne riesen Sauerei. Geh 'mal schon nach hinten und hol den Eimer mit Sand und 'ne Schaufel."

Der Dacapo zappelte immer noch mit der Zapfpistole herum, die herrliche, gelbe Fontänen sprühte und schien Figuren in die Luft zu malen. Mit einem plötzlichen Ruck beendete er die Aufführung und stemmte das Metallstück in das Einfüllloch am Heck seines Wagens. Fast zeitgleich sprang er einen Meter zurück, griff sich über die Schulter und beförderte eine riesige

Pistole aus einer Tasche auf dem Rücken seines schwarzen Ledermantels. Er ging mit dem gewaltigen, brüllenden Wüstenadler in Angriffsstellung und fixierte den Einfüllstutzen, in den gerade weitere Unmengen von Benzin gluckerten. Offensichtlich schien er zu befürchten, dass die Gummischlange ihn würgen und in das schwarze Loch stecken würde. Das Klicken der Verriegelung an der Zapfpistole zeigte an, dass der Tank gefüllt war. Das Geräusch riss den Dacapo gleichfalls wieder in die Gegenwart zurück. Verwundert sah er auf die Waffe in seiner rechten Hand und die Benzinpfütze unter ihm.

"Watn dat! Hier is ja alles kaputt!"

Der Lehrling war natürlich nicht auf dem Weg, um den Eimer mit Sand zu holen. Er klebte im wahrsten Sinne am Fenster. Seine Nase war an dieser plattgedrückt und der offene Mund berührte das Glas ebenfalls - wie ein Saugwels im Aquarium.

"He, atme Junge!" Der Tankwart zog ihn sanft von der Scheibe ab. "Das Schauspiel is vorbei, der is wieder bei sich. Jetzt hol nen Eimer!"

****

"Ahh, die Staatsgewalt. Na, wie gehts? Alles o.k.?" Angesichts der großen Pistole, die der Dacapo immer noch in der Hand hielt, traute sich der Tankwart nicht, das Benzindesaster anzusprechen.

"Na gewaltig! Alles locker sonst. Bis auf draußen: is ja voll-kaputt. Musst du 'mal reparieren, Mann." Erst jetzt bemerkte Heinz die Pistole, die er immer noch in der Hand hielt.

"Wat soll'n dat nu schon wieda. Wer hat mir die denn schon wieda inne Hand jedrückt."

Er jonglierte das zehnzöllige Eisenteil routiniert über die linke Schulter und ließ es in dem Halfter auf seinem Rücken verschwinden.

Der Tankwart ignorierte den gesamten Vorgang geflissentlich. So nervös wie sein Kunde mit der Zapfpistole umgegangen war, war er bestimmt auch am Abzug einer Schusswaffe.

"Sie zahlen wie immer mit der Tankkarte vom Amt?"

"Jo."

"Soll ich alle 122 Liter in einem Vorgang abrechnen?", ist die vorsichtige Anfrage des Tankwartes. Vielleicht wollte der Kunde sein Malheur von vor wenigen Minuten nicht auf der Abrechnung zu seinem Dienstwagen haben. Er würde einfach zwei Rechnungen erzeugen - eine für die Tankkarte des Amtes und eine private über das verplemperte Benzin für den Beamten.

"Jojo", antwortete der Dacapo, ohne mit einer Wimper zu zucken.

"Dann bitte hier die Karte hineinstecken."

Der Dacapo steckte versonnen die Karte in das Lesegerät, das ihm der Tankwart zugeschoben hatte. Von einem Werbeaufkleber, der die Stirnseite des Gerätes bedeckte, lächelte ihn ein Mann mit Zigarette an. Der grinsende Raucher ähnelte zum Verwechseln dem Controller seiner Abteilung. 'Oh Gott, der schon wieder! Das kann doch nicht wahr sein.' Der Controller stand kurz vor seinem 50 Geburtstag, wohnte immer noch bei seiner Mutter und diese kommandierte ihn in einer Art herum, die der Dacapo einfach nicht verstehen konnte. Täglich rief sie um 08:01 Uhr an und erkundigte sich, ob ihr Sohn auch wirklich angekommen war. Pünktlich um 11:59 Uhr erreichte die Dienststelle immer wieder ein Anruf, um ihn an das Mittagessen zu erinnern. Chronisch um 15:59 Uhr folgte der Anruf an die Assistenz des Teams. Sie bekam die Einkaufsliste für den Sohn diktiert und zusätzlich wurde ihr noch die exakte Zielzeit für dessen Ankunft in der Wohnung eröffnet, die dieser gefälligst einzuhalten hatte. Nach zehn Jahren täglicher, quälender Wiederholung lachte niemand mehr darüber. Ohne zu zögern, gab Heinz zum fünften Mal in diesem Monat das Geburtsdatum der Mutter des Controllers als Kilometerstand in das Gerät ein. 'Irgendwann muss der Typ das doch merken.' war sein Gedanke dazu. 'Und wenn der mich bemerkt, dann sage ich ihm mal, was er sich gefallen lassen muss und was nicht.' Danach ging es ihm deutlich besser. Er hatte das warme Gefühl in der Magengegend, das sich bei ihm immer nach einer guten Tat einstellte.

****

Miezi hatte während der Betankung des Transportmittels viel Langeweile. Das Auto schaukelte nicht mehr und ein Abstoßen von den Seitenfenstern, an die er in den Kurven geworfen wurde, war auch nicht mehr notwendig: zusammengefasst 'zero action'. An Schlaf konnte der Pekinese nach der Schlingerfahrt und der Aufregung mit dem langen, braunen Band trotzdem nicht denken. Schließlich war das kleine Tier immer noch in dieses eingewickelt. Es glich förmlich einer braunen Mumie mit hellen Streifen. Nach einer Pause der physischen Erholung, die nur wenige Minuten andauerte, fühlte sich Miezi kräftig genug für eine neue, wilde Hüpferei. Wie ein Ball aus hoch elastischem Gummi, der mit viel zu viel Energie versorgt worden war, bewegte sich das Hündchen durch die Fahrgastzelle des Oldtimers. Es knurrte, bellte, kläffte und das Plastikband, das es umwickelt hatte, zerriss bei der heftigen Bewegung in viele Einzelteile, die durch die Luft schwirrten. Das Fangen dieser Schwebbänder war ein Spiel, das Miezi gern annahm. Gefangene Bänder wurden weiter zerkleinert: Das war endlich einmal kein Katzenfutter, da gab es etwas zum Zerbeißen! Innerhalb von Sekunden wurden die Bänder zu Bändchen, zu Bändelchen, zu Schnipsel und finalisierten als Konfetti. Dieses war aus dem dünnen Plastikmaterial des Magnetbandes entstanden und durch die viele Reibung mit dem Fell des kleinen, hyperdynamischen Tieres elektrostatisch aufgeladen. Angezogen von der Verkleidung, den Sitzpolstern und auch den Scheiben, verteilte es sich statistisch gleichmäßig im gesamten Innenraum. Als der Dacapo die Fahrertür öffnete, saß Miezi ruhig und zufrieden mittig auf der Rückbank, freute sich schwanzwedelnd über das fertiggestellte Werk und erwartete ein Lob.

"Hugh!", aufgerissene Augen und wieder ein Sprung zurück. Dem Dacapo blieb heute aber auch gar nichts erspart.

"Hört die Schweinerei denn jar nich' auf? Wer holt denn das wieda hier raus?"

Als er die Tür energisch hinter sich zuschlug, flogen viele kleine, braune Pünktchen durch die Luft. Von den Wirbeln, die der rasant anfahrende Wagen hinter sich bildete, wurden sie lustig zum Tanzen gebracht. Im Innern war Heinz dabei, die Frontscheibe durch hektisches Wischen wieder durchsichtig zu bekommen. Mit einem Mal hatte er es sehr eilig und war abgefahren, bevor er den kompletten Durchblick auf die Straße hatte.

"Miezi, da kann ick ja nix sehn!"

Der Ausruf wurde von einem scheppernden Poltern begleitet, das mit einem Mal rechts neben ihm begann. Es rollte am Wagen vorbei und wurde hinter ihm schnell leiser, als der Dacapo auf der Straße beschleunigte. Bei der Tankstelle konzertierten die Hupen mehrerer Autos. Die umgestoßene Blechtonne war mitten auf die Straße gerollt und trudelte dort langsam aus. In beiden Richtungen staute sich bereits der Verkehr - die ersten Fahrer hatten zu ihrer Sicherheit gehalten. 'Bin im Einsatz, kann nicht aufräumen.' Diesen Gedankengang unterstrich der Dacapo noch, indem er Rundumleuchten und Sirene einschaltete und maximal beschleunigte. 'Dieser Dopplereffekt is einfach herrlich!', freute er sich - obwohl er ihn im Wageninneren gar nicht genießen konnte. Damit war er wieder auf dem Weg zu seinem Einsatz in Storkow (Mark).

Der Tankwart rollt gemeinsam mit dem Lehrling die Tonne zurück und freute sich ebenfalls, da sie unverletzt waren. Außerdem war ärgeres Chaos ausgeblieben.

Ende - Datum, Ort, Personen, Objekte, Materialien

20. Oktober 2013 15:52 Uhr
Tankstelle Erkner
http://texorello.org/L23

Miezi
http://texorello.org/E2

Brüllender Wüstenadler
http://texorello.org/E4

Dacapo
http://texorello.org/P18

Überblauer Einsatzwagen
http://texorello.org/E3

2.4 Im Wald da wohnen die Fahrradfahrer

http://texorello.org/W23C2P2

> Das wird kein ganzer Kerl,
> der nie ein Rüpel war.
> *Otto Julius Bierbaum*

Anfang - Datum, Ort
20. Oktober 2013 15:53 Uhr
Tankstelle Erkner
http://texorello.org/L23

Personen
Dacapo
http://texorello.org/P18

Objekte, Materialien
Miezi
http://texorello.org/E2

Überblauer Einsatzwagen
http://texorello.org/E3

Heinz hatte die Weiterfahrt der Einfachheit halber 'über die Dörfer' geplant. Keine Autobahn, keine Überholer - das war praktisch erlebter Idealzustand. Auf dieser Fahrt war er der 'king of the road'. Klar, mit einem 1970'er Oldtimer war er das so und so. Außerdem war er der Dacapo, die letzte und gewaltige Rettung des Rechtes. In seiner Fantasie war er einer der letzten Superhelden des Abendlandes. Nach der Ausfahrt aus Erkner hatte er erst einmal ein anderes Problem. Wo war nur der Abzweig nach Hartmannsdorf zu finden? Zuerst hatte er zu ertragen, dass eine mit schönen, seichten Kurven gesegnete Strecke mit 60-Schildern gestraft worden war. Dann kam auch noch ein Ort mit falschem Namen: 'Neu Zittau' - er hatte 'Hartmannsdorf' erwartet. Nervös und hektisch sah er sich nach Wegweisern um. Das war bei über 80 Kilometern in der Stunde auf engen, gewundenen Straßen in einer Ortschaft gar nicht so einfach. In Sichtweite, am Ende eines langen, geraden Straßenabschnittes, tauchte eine Ampel auf, deren grünes Leuchten ihn magisch anzog. Jetzt nur nicht langsamer werden. Nur nicht in die 'rote Phase' geraten. Die brachte Unglück und außerdem musste man anhalten. Beherzt trat er das Gaspedal bis zum Anschlag durch. Der Motor brüllte auf und wie es sich für amerikanische Technik aus den 70-ern gehörte - geschah erst einmal gar nichts. Langsam beschleunigte der schwere Wagen und näherte sich dröhnend und röhrend der mit der noch immer grün leuchtenden Lichtsignalanlage versehenen Kreuzung. Da! Ein Wegweiser mit einem Verweis auf den Ort Hartmannsdorf huschte vorbei. Der Dacapo hatte es ganz deutlich im Augenwinkel erkannt: Das glaubte er zumindest. Er liebte schnelle Entscheidungen. Sein rechter Fuß wechselte in Sekundenbruchteilen vom Gas- auf das Bremspedal und mit der rechten Hand riss er die Handbremse nach oben. Ein Ruck ging durch das Fahrzeug und das Quietschen der Reifen mischte sich mit dem Stöhnen und Ächzen des geschundenen Stahlrahmens des Oldtimers. 43 Jahre waren auch für ein Automobil kein Pappenstiel, da war nicht mehr alles so frisch, wie bei der Geburt auf dem Fließband. Im Gegensatz zum Dacapo hatte der Mitfahrer kein Lenkrad, an dem er sich festkrallen konnte. Miezis Körper folgte dem Impuls der Beschleunigung. Der kleine Hund wurde von der Hinterbank an die Frontscheibe katapultiert. Er versuchte sich mit den Pfoten an das Glas zu klammern, musste jedoch feststellen, dass der Oktopus, den er im Fernsehen gezeigt bekommen hatte, andere Fähigkeiten besaß. Ohne Saugnäpfe rutschte er langsam, wie in Zeitlupe, an der Scheibe hinunter, glitt über die Konsole und landete auf dem Fahrersitz. In dem Augenblick, als Miezi ausatmen wollte, reagierte der Wagen auf das durch den Dacapo nach links gerissene Lenkrad. Der überblaue Einsatzwagen vollzog einen harten Schwenk um 90 Grad in die Seitenstraße und Miezi wurde gegen die Seitentür gepresst. Als das Fahrzeug sich beruhigt hatte und wieder geradeaus fuhr, setzte sich Miezi auf und blickte den Dacapo starr und vorwurfsvoll-traurig an. Genau so, wie das nur Hunde konnten. Der Dacapo versuchte das zu ignorieren und tat, als ob er sich auf den nicht vorhandenen Verkehr konzentrieren musste. Am Sonntagnachmittag war die Nebenstraße in dem kleinen Ort komplett leer.

Wenig später wurde der Straße enger und es begann der Wald.

Ein schöner Weg schlängelte sich zwischen den Bäumen hindurch. Sanft kurvig führte das schmale Asphaltband, eigentlich nur eine einzige Spur, immer weiter in die eng stehenden Kiefern hinein. Ein märkischer Wald, wie man ihn sich nicht besser vorstellen konnte - Kiefern, Kiefern, Kiefern, ... nichts als Kiefern. Der Dacapo war zufrieden: freie Bahn für den gewaltigsten, geheimen Polizisten des Landes. Freudig beschleunigte er auf 55 Meilen pro Stunde laut Tachometer, das 30-er-Schild ignorierend, an dem er vor wenigen Augenblicken vorbeigekommen war. Die Nadel des altertümlichen Messgerätes zuckte aufgeregt und er war zu beschäftigt, um zu rechnen. Grob überschlagen trieb er seinen Oldtimer mit 90 km/h über den Asphalt - gute Straße, gute Geschwindigkeit - und überholen konnte ihn hier niemand, dazu war einfach kein Platz. Die Sonnenstrahlen gelangten an diesem Herbsttag nicht mehr bis auf den Boden der Waldstraße. Sie zogen lange Lichtfäden durch den Dunst des Nachmittags. Ganz selten berührte einer zaghaft das schwarze Band der Straße. Im Halbdunkel des märkischen Waldes war es angenehm kühl. Eine freie Straße, angenehme Temperaturen und eine Reisegeschwindigkeit nach seinem Geschmack: Der Dacapo sah die beiden Radfahrer erst kurz, bevor das Fahrzeug sie erreichte.

"Oh, uh, äh! Dat wird schief jehn", war als Ausruf im Wageninneren zu hören. Die Verzweiflung übertönte sogar das laute Dröhnen des V8-Blocks.

Miezi saß zum gleichen Zeitpunkt auf dem Beifahrersitz und blickte mit schreckgeweiteten Augen nach vorn. Kurz entschlossen drehte sich der kleine Pekinese um, damit er den Zusammenstoß nicht mit ansehen musste. Der Dacapo nahm instinktiv beide Hände vom Lenkrad und schlug diese vor sein Gesicht, um die Augen zu verdecken. Dass er in das kindliche Denkmuster 'Was ich nicht sehe, geschieht auch nicht', verfiel, war nicht anzunehmen. Ganz sicher dachte er gar nicht in diesem Moment. Er war starr vor Schreck und jegliche Nervenimpulse waren in ihm erstorben. Zu seinem Glück waren die beiden Fahrradfahrer, die nur noch wenige Meter vor dem Einsatzwagen nebeneinander fuhren, nicht ganz so reaktionsgebremst wie er. Wie verabredet, sprangen beide von ihren Rädern und in den Wald: einer nach links und der andere nach rechts. Sekundenbruchteile später rumpelte der schwere Wagen über die liegenden Fahrräder.

"Uffff!"

Der Dacapo griff wieder an das Lenkrad und äugte vorsichtig in den Rückspiegel. Beide Fahrradfahrer lagen im Wald und schienen unverletzt zu sein. Miezi wandte sich ihm abermals zu und sah ihn lang und vorwurfsvoll an. Wieder vermied der Dacapo die Erwiderung des Blickes. Dieses Mal war er wirklich mit der Beherrschung der Straße beschäftigt. Miezi sprang in den Fußraum vor dem Sitz. Dort lag eine Fußmatte, in die sich der kleine Hund krallen konnte und außerdem war er nicht mehr gezwungen, irgendetwas mit anzusehen.

****

Hinter dem Wald kam ein Feld und dann Hartmannsdorf. Anschließend passierten sie Spreenhagen und überquerten die Autobahn an der Abfahrt Storkow (Mark). Damit war der Dacapo kurz vor seinem Einsatzort.

In Rieplos tauchte mit einem Mal ein Wegweiser auf, der eine Straße in Richtung Philadelphia anpries.

"Oh Jott, hab ick mir weit verfranzt!"

Mit einer kreischenden Notbremsung kommt der Wagen zum Stillstand.

"Äh, da war doch 'n Meer zwischen... wie jetz?"

Miezi hatte sich in die Fußmatte gekrallt und kläffte erbost während der Dacapo einen altertümlichen Shell-Straßenatlas aus der Seitentasche seiner Tür zog. Nach einigen erfolglosen Versuchen, das Blatt mit dem Kartenausschnitt der aktuellen Position zu finden, kurbelte er wütend das Seitenfenster hinunter und warf das dicke Buch einfach hinaus. Dank Automatikgetriebe musste er nur auf das Gaspedal treten und den alten, überblauen Einsatzwagen geradeaus weiter treiben.

"Storkow, ick komm über dir!"

Ende - Datum, Ort, Personen, Objekte, Materialien

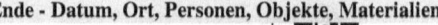

20. Oktober 2013 16:40 Uhr
Rieplos
http://texorello.org/L26

Dacapo
http://texorello.org/P18

Überblauer Einsatzwagen
http://texorello.org/E3

Miezi
http://texorello.org/E2

2.5 Drifting in
http://texorello.org/W23C2P3

> Vor Ankunft am Grund
> ist der Rückweg unberechenbar.
>
> *Jaroslaw Tarassek - Mathematik für Höhlenforscher*

Die Annäherung an den Ort gestaltete sich nahezu unspektakulär. Die bereits herbstgelichteten, alten und mächtigen Bäume der märkischen Allee überspannten die Straße, die als nördliche Einfallslinie in die Stadt Storkow fungierte. Ihr Schatten verdunkelte nur noch leicht den Verkehrstunnel, den sie noch vor einigen Tagen gebildet hatten. Nach den vielen Feldern und kleinen Dörfern, die sie auf der

Anfang - Datum, Ort
20. Oktober 2013 16:59 Uhr
Marktplatz Storkow
http://texorello.org/L19

Personen
Dacapo
http://texorello.org/P18

Objekte, Materialien
Miezi
http://texorello.org/E2

Überblauer Einsatzwagen
http://texorello.org/E3

Fahrt bis hier passiert hatten, kam eine größere Ansammlung an Häusern in Sicht. Die herbstliche Nachmittagssonne erleuchtete deren Dächer rotgolden. Am Eingang Storkows fühlte sich der Dacapo durch einen Kreisverkehr gestört. Dieser gestatte keine direkte Einsicht in den Ort und behinderte eine ungehinderte Hochgeschwindigkeitseinfahrt. Exakt am Ortsschild schaltete der Dacapo das Blaulicht ein. Wo sollte das noch hinführen, wenn er jedes Mal wegen dieser rechteckigen, gelben Tafeln die Geschwindigkeit verringern müsste. Er war im Auftrag der Staatsgewalt unterwegs, er war die personifizierte Staatsgewalt! Ihn hielt nichts und niemand auf - Ortsschilder schon gar nicht. Die lustigen, blauen Lichtreflexe auf dem Schild erfreuten ihn. Sie lenkten den Dacapo für einen Augenblick ab. Noch bevor er seine Aufmerksamkeit wieder auf den weiteren Verlauf der Straße richten konnte, wurde diese durch ein überdimensionales Fahrrad aus blankem Stahl gefesselt. Es war am linken Rand der Straße in einem Garten aufgebaut. Im letzten Moment bemerkte er den Kreisverkehr, in den er bereits eingefahren war. Ihm blieb nichts weiter übrig, als das Erkner-Manöver zu wiederholen. Der Oldtimer reagierte brav. Er kippte nach rechts und Miezi hing wieder im dreieckigen Seitenfenster. Die Reifen im Inneren des Kreises hatten keinen Bodenkontakt mehr und die Reifen der äußeren Räder machten sich durch ein lautes, quietschendes Radieren bemerkbar. Und schon war der Kreisverkehr halb umrundet und das Lenkrad musste in die Gegenrichtung eingeschlagen werden. Der Wagen schlug auch auf die Straße und eine Aufschrift 'Irrlandia' huschte vorbei. 'Häh, ick bin in Irland? So irre weit hatt ick mir ja noch nie verfranzt!' Einen weiteren Augenblick war der Dacapo abgelenkt, bis er sich an die Aufschrift des Ortsschildes erinnerte: Es hatte die Ortsgrenze von Storkow (Mark) ausgewiesen.

Der Kreisverkehr, eine Ampel, noch eine Ampel - der Dacapo war erbost: "Sieh dir dat an Miezi! Wer hat denn hier die janzen Schikanen aufjebaut? Muss ick mich morjen bei der 'Rennleitung' beschweren. Die Straßenführung is einsatzjefährdend! Zum Glück schreibe ick imma Testberichte." Die zweite Lichtsignalanlage auf seinem Weg in die Stadt - die Ampel neben der Burg Storkow - strahlte in leuchtendem, behinderndem Rot. Natürlich bog der Dacapo ohne zu zögern nach rechts ab. Das zuckende Blaulicht, das den vielen Leuchten entströmte, die an verschiedenen Stellen des Oldtimers angebracht waren, betonten seiner Wichtig- und Gewaltigkeit und es überstrahlte in Intervallen das rote Licht der Ampel. Wenige Sekunden später hatte er bereits den Marktplatz erreicht und riss das Lenkrad mit einem heftigen Ruck abermals nach rechts. Der schwere Oldtimer mit Baujahr 1970 versuchte dem Impuls und der vorgeschlagenen Richtung zu folgen. Wieder kippte er in die Seitenlage und zwei Räder hingen in der Luft. Erschrocken ließ der Dacapo das Lenkrad frei, da er fühlte, dass der Wagen komplett umschlagen würden, wenn er die eingeschlagene Richtung weiter forcierte. Es drehte sofort befreit in die Mittellage. Die beiden, angehobenen Räder fielen auf die Straße zurück. Der Gurt hielt den Fahrer auf dem Sitz. Miezi hatte auf der Rückbank wieder einmal kein Glück. Der kleine Hund wurde gegen die Decke geschleudert - sein Körper beharrte für Sekundenbruchteile auf der vorhergehenden Position. Gleiches tat der Wagen selbst. Er driftete quer zur Fahrtrichtung auf die Parkflächen inmitten des leeren Marktplatzes zu. Dem Dacapo gelang es nur mit größter Mühe, der flachen Umzäunung auszuweichen. Laut quietschend, schaukelnd und hüpfend überquerte der überblaue Einsatzwagen den Platz und schoss auf der anderen Seite des Marktes wieder auf die Straße. Er hinterließ schwarze, stinkende Wölkchen verbrannten Gummis und breite, dunkle Streifen auf dem Marktplatz. Noch bevor der Dacapo 'Wow, mächtig gewaltig!' denken konnte, war Miezi im Wageninneren gegen die Frontscheibe geschleudert worden. Von dort sprang der kleine Pekinese dem Fahrer direkt ins Gesicht und krallte sich in seinen Haaren fest. Oh, Miezi war wütend! Diese verantwortungslose Fahrweise ging ihm heute so richtig auf die Nerven und außerdem: Katzenfutter schmeckte nicht und machte aggressiv. Deshalb bissen Katzen auch viel lieber in Mäuse und Vögel, anstatt in ihr Dosenfutter. Der Dacapo ruderte wild mit dem Lenkrad. Durch das Schlenkern krallte sich Miezi instinktiv noch fester in das Haar des Fahrers und begann wütend zu knurren. Der Pekinese verdeckte dem Dacapo die Sicht. Er versuchte verzweifelt, die Situation zu retten. Das Fahrzeug fuhr viel zu schnell für hastige Reaktionen. Die Krallen von Miezi hinderten ihn am Denken. Er war nun schon einige Sekunden ohne Sicht gerollt. Als das linke Vorderrad über eine Bordsteinkante holperte, fiel ihm die 'Innensirene' ein. Er hatte sie speziell für Fahrten mit nervigen Gästen installieren lassen. Die schrillen Töne sollten einen Interrupt setzen - die aktuellen Handlungen unterbrechen. Nun war Miezi ein solcher, nerviger Fall. Er erreichte mit der linken Hand den Schalter in der Konsole und setzte einen Interrupt. Im Wageninneren ertönte aus den

Lautsprechern ein infernalisches Geheul. Miezi stoppte erschrocken das Knurren, riss die Augen weit auf, ließ die Haare des Dacapo frei und fiel in dessen Schoß, gleich einem reifen Apfel. Diese Gelegenheit nutzte der Dacapo und lenkte den Wagen in Richtung der Altstadtkirche davon.

Ende - Datum, Ort, Personen, Objekte, Materialien

**20. Oktober 2013 17:02 Uhr
Marktplatz Storkow
http://texorello.org/L19**

Dacapo
http://texorello.org/P18

Überblauer Einsatzwagen
http://texorello.org/E3

Miezi
http://texorello.org/E2

2.6 Rußige Leere
http://texorello.org/W23C2P4

> Ich bin kein Mensch, ich bin Dynamit.
>
> *Friedrich Nietzsche*

Sonntagabend in einer ausgebrannten Wohnung: Attila hatte den totalen Durchhänger - er war allein, seit Wochen allein. Zuerst waren die Medien hinter ihm her, jetzt flüchtete er vor Gläubigern, Wahnsinnigen und dem organisierten Verbrechen. War hier noch eine Steigerung möglich? Er stand vor einem der zerborstenen Fenster der Küche. Der Rahmen war rußig, fleckig, fast durchgehend schwarz. Links hing der Flügel außen vor der Wand. Nur noch das untere Scharnier war mit dem Rahmen verbunden, das obere war

Anfang - Datum, Ort
20. Oktober 2013 17:03 Uhr
Attilas Exil
http://texorello.org/L11

Personen
Attila
http://texorello.org/P6

Objekte, Materialien
Miezi
http://texorello.org/E2

Überblauer Einsatzwagen
http://texorello.org/E3

Brüllender Wüstenadler
http://texorello.org/E4

aus dem Holz gerissen. Vom Glas waren nur noch Reste vorhanden, die der Kitt vor der Wucht der Gasverpuffung zurückgehalten hatte. Deprimiert und entmutigt starrte Attila nun schon über eine halbe Stunde auf die Straße, ohne sich zu rühren. Seine Gedanken umkreisten ununterbrochen ein schwarzes Ideen-Loch: Wie sollte es weiter gehen? So wie an allen Sonntagabenden war die Straße ruhig und menschenleer. Alle Anwohner saßen beim Abendessen oder ließen sich von einem der Fernsehprogramme mit sehenswertem Unsinn unterhalten. Die unendlich tiefe Ereignislosigkeit des Anblicks beruhigte Attila. Er fühlte, wie der Spannungszustand der letzten Stunden und Tage

41

langsam seinen Körper verließ. Eine Idee bezüglich der näheren Zukunft stellte sich war nach wie vor nicht ein, er fühlte sich aber sicherer.

Drohnengeist im Gurkenglas
Mitten in der Mark Brandenburg geht Attila seine Selbstveränderung an. Leider kommt dabei einiges zu Schaden. Ein Feldherr hat die Lage, sich selbst und die Truppen im Griff. Attila versucht nur n...

http://texorello.org/M37

Von einem Augenblick auf den nächsten wurde die Straße lebendig. Mehr noch: sie quoll plötzlich vor Bewegung, Licht und Geräuschen über. Ein amerikanischer Oldtimer war mit stark überhöhter Geschwindigkeit erschienen. Zur Verringerung der Geschwindigkeit schien der Fahrer die Handbremse genutzt zu haben. Das Gefährt blieb ruckartig stehen und vollführte auf der Stelle eine 180-Grad-Kehre unter lautem Quietschen. Der überblaue Einsatzwagen war mit leuchtenden, blauen Buckeln übersät, deren Licht die Wände der Nachbarhäuser nervös aufglühen ließ. Mehrere Sirenen quäkten unerträglich - sogar im Innenraum des Wagens schienen die apokalyptischen Tonsalven zu wüten. Attila wurde aus seiner Meditation gerissen und zuckte erschrocken zusammen. Automatisch spannten sich seine Muskeln wieder und er tat einen Sprung zurück in die sichere Mitte der Küche. Hier wurde er zum Glück nicht mehr durch Tisch und Stühle behindert oder gar zu Fall gebracht - die Möbel waren vorsorglich verbrannt. Das fürsorgliche Löschwasser hatte die Asche aus dem Raum gespült. Attila war also sorglos und konnte auch nicht ausgleiten. Zusätzlich hatte er weiterhin einen ungehinderten Blick auf das Geschehen vor dem Haus.

Der Dacapo hatte seinen Einsatzort erreicht. Jetzt hieß es, schnell zu sein, um das Überraschungsmoment zu nutzen und die Verbrecher dingfest machen zu können. Er rammte sich zwei übergroße Wattestöpsel in die Ohren: Sicher war sicher, denn mit einem Schalltrauma nach dem Einsatz der Dienstwaffe war nicht zu spaßen. Und er würde die Waffe nutzen, deshalb war er hier. Er zog einen dunkelbraunen Nylon-Strumpf über den Kopf. Die Hornbrille mit dem breiten Rahmen, die er trug, zeichnete sich deutlich ab, ebenso wie die Ohrstöpsel. Miezi hatte sich, wie immer bei solchen Manövern, in eine Seitentasche des großen, weiten Ledermantels gerettet, den der Dacapo trug.

"Drei, Zwo, Einsatz!"

Die Fahrertür wurde aufgerissen und ein von blauen Lichtblitzen erleuchtetes Wesen, dass eine Kreuzung zwischen dem 'Frankenstein-Monster' und dem 'Frosch mit Maske' aus klassischen Filmen zu sein schien, sprang auf den Gehweg. Auf dem kurzen Sprint zur Eingangstür des Hauses, wuchtete der Dacapo seine Dienstwaffe, den brüllenden Wüstenadler, aus ihrem Holster, das auf seinem Rücken in den Ledermantel gearbeitet ist. Die Pistole mit dem gewaltigen, halbzölligen Kaliber hatte einen auf zehn Zoll verlängerten Lauf und wog über zwei Kilogramm. Die blauen Lichtreflexe der Signalleuchten des Wagens setzten das glänzende Schießeisen mächtig in Szene. Während der Dacapo die Waffe in Angriffsposition balancierte und durch die geöffnete Haustür sprang, flatterten die Schöße seines langen, schwarzen Ledermantels hinter ihm her. Sie schlugen laut und trocken klatschend aneinander. Attila, der an das Fenster getreten war, hatte jede Bewegung des Besuchers beobachtet. Er konnte die beängstigende Vorstellung von einem aus Leichenteilen zusammengesetzten Vampir-Frosch nicht aus seinem Kopf verdrängen. Sie hatte sich rasend schnell dort entwickelt und bis in den letzten Winkel festgesetzt. Alle Ruhe, die er noch vor wenigen Minuten verspürt hatte, hatte ihn längst verlassen und einer Aufregung platz gemacht, die gefährlich mit Angst und Panik gemischt war. Er überließ sich vollständig seinen paranoiden Instinkten und hastete aus der Wohnung. Keine Tür hielt ihn auf - dieses Hemmniss war vor einigen Tagen dem Feuer zum Opfer gefallen. So konnte er den Dachboden erreichen, bevor der Dacapo die Wohnung betrat. Attila war jetzt auf der

Flucht vor der Flucht aus der Flucht.

Mit vorgehaltener Waffe stürmte der mächtige und gewaltige Geheimdienst-Polizist in den rußgeschwärzten Flur. Vorsichtshalber und zielgerichtet platzierte er zwei Warnschüsse. Krachend und laut lösten diese sich schnell hintereinander. Der Knall, den die halbzöllige Munition erzeugte, rollte noch Sekunden später durch die Wohnung, die das Feuer vor wenigen Tagen komplett beräumt hatte. Es gab keine Vorhänge, oder andere, lästige Einrichtungsgegenstände mehr, die den Schall hätten dämpfen können. Das Fehlen von Türen verband alle Räume zu einem gemeinsamen, großen Resonanzkörper. 'Toller Sound...', fuhr es dem Dacapo durch den Kopf, als der Knall und dessen Nachhall mehrfach seine bedämpften Ohren passierte. Er polterte dem Schall hinterher. Die Enden des langen, geöffneten Ledermantels flatterten hinter ihm her und die großen, aufgenähten Schulterstücke glimmten in einem intensiven Blau. Sie beleuchteten den Frosch-Frankensteinmonster-Strumpfmasken-Kopf von unten mit einem fahlen, kalten Schein. Es war das einzige Licht in dem dunklen Flur - gewaltig gespenstisch. Jeder Betrachter hätte unwillkürlich an einen Angriff Außerirdischer gedacht. Da niemand anwesend war, blieb Storkow die Massenpanik an diesem Sonntagabend erspart. Der Dacapo war in seinem Element: Einsatz, schnelle Entscheidungen, Gebrauch der Dienstwaffe, Staatsgewalt ausleben... Seine Freude währte jedoch nur kurz. Als er die Küche erreichte, von der aus er sein blinkendes und orgelndes Auto sehen konnte, traf ihn die Enttäuschung wie ein mächtiger Schlag. Mit "So'n Mist: alles schon kaputt!", drückte er laut und unwillkürlich seine Meinung aus. Etwas später folgte ein leises und deprimiertes "Für mich jibt's hier nichts mehr zu tun - äh, na - übrig."

Der Dacapo lehnte sich in den Rahmen des zerborstenen Fensters und starrte auf die Straße. Genau am gleichen Ort war vor wenigen Minuten noch ein Mann in einem verschmutzten Bademantel zu sehen gewesen. Jetzt stand ein nicht irdisch wirkendes Wesen dort. Beide verband die verträumt-deprimierte Betrachtung der Straße. Zufällig befanden sich beide Männer in unterschiedlichen Etagen übereinander und sahen gleichzeitig und deprimiert auf die Straße. Der Dacapo sah durch ein zerstörtes Küchenfenster und Attila durch ein altes, dreckiges Dachfenster. An die Balken der Gaube des Dachstuhls gelehnt, sinnierte er den vergangenen Tagen, Chancen und Problemen hinterher. Die Zukunft hatte er vollständig ausgeblendet, um den Schmerz der Leere nicht zu spüren, der mit jedem Gedanken an die kommenden Tage verbunden war.

Auf der Straße tat sich wieder etwas. Eine dunkel und unauffällig gekleidete Gestalt machte sich an der Fahrertür des immer noch Licht und Ton speienden Einsatzwagens zu schaffen. Sie trug ein dunkles Kapuzen-Shirt. Natürlich war die Kapuze über den Kopf gezogen. Trotz des aus mehreren Leuchten rhythmisch ausgestoßenen, grellen Blaulichtes, waren keine Einzelheiten zu erkennen. Die Tarnung der Persönlichkeit schien zu den Fachkenntnissen und Fertigkeiten des Türöffners zu gehören, der versuchte mit einem langen, geraden Draht den Schließmechanismus des Oldtimers zu überlisten. Da das historische Gefährt wenig Widerstand bot, war mit einem zügigen Abschluss der Aktion zu rechnen. Die Stimmung des Dacapo wechselte in Sekundensprüngen von Depression über Erstaunen zu Entsetzen und dann zu Wut. Das war der Zustand, den er ganz besonders liebte und auslebte - wegen dem 'Danach'. Nein, er war nicht auf Versöhnung nach einem Gefühlsausbruch aus. Er war regelrecht süchtig nach der mächtigen Ruhe, der tiefen Stille, die jedem seiner Wutanfälle folgte. Die lang andauernde, andächtige Erschütterung und abgründige Verunsicherung seiner Umgebung faszinierte ihn immer wieder neu.

"Jetzt reicht's mich aber jewaltich! Der kennt mir wohl nich..."

Mit diesem Ausruf stürzte er aus der Wohnung und die Treppe hinunter. Die allmächtige Waffe, die er immer noch in der rechten Hand hielt, brachte er wieder vor sich in Schussposition und sprang durch die offene Haustür auf die Straße.

****

Beim Anblick des sich schnell bewegenden Dacapos zuckte

Attila abermals zusammen. Diesmal war es hinter dem Dachfenster und er sprang kurz rückwärts in die schützende Dunkelheit des Dachbodens hinein. In den Schrecken mischte sich Freude: Die außerirdische Polizeistreife schien das Haus zu verlassen. Die Sorgen blieben im Haus - 'Mein Gott! Vor wem muss ich noch flüchten?'. Alle Behörden und Verbrecher des Universums schienen seiner habhaft werden zu wollen. Dabei war aus dem von ihm geplanten, großen Coup doch gar nichts geworden. Einen wirklichen Schaden hatten nur einige zwielichtige Gestalten zu beklagen. Die würden das Geld, das er sich von ihnen geliehen hatte, nie zurück bekommen.

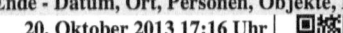

Ende - Datum, Ort, Personen, Objekte, Materialien

20. Oktober 2013 17:16 Uhr
Attilas Exil
http://texorello.org/L11

Attila
http://texorello.org/P6

Überblauer Einsatzwagen
http://texorello.org/E3

Dacapo
http://texorello.org/P18

Miezi
http://texorello.org/E2

Brüllender Wüstenadler
http://texorello.org/E4

2.7 Der Rachen des Ungeheuers
http://texorello.org/W23C2P5

> Wer mit Ungeheuern kämpft,
> mag zusehn,
> dass er nicht dabei zum Ungeheuer wird.
>
> *Friedrich Nietzsche*

Tommy schob gekonnt den langen, steifen Schweißdraht in die Tür des Oldtimers. Der blanke, dünne Stahl fühlte sich angenehm kühl an und die alten Dichtungsgummies gaben bereitwillig nach. Den Einsatzwagen zu öffnen, würde eine leichte und schnelle Übung werden: Keine Schwierigkeit für Handwerker seines Formates. Das war ein schöner Wagen - er war gut gepflegt - genau der richtige Zuverdienst auf seiner Flucht. Nur die vielen

Anfang - Datum, Ort
20. Oktober 2013 17:20 Uhr
Attilas Exil
http://texorello.org/L11

Personen
Tommy
http://texorello.org/P27

Objekte, Materialien
Miezi
http://texorello.org/E2

Überblauer Einsatzwagen
http://texorello.org/E3

Blaulichter und Rundumleuchten waren nicht so passend. Aber sie störten Tommy nicht. Er war in einer Zwangslage, da konnte er nicht wählerisch sein und musste den einen oder anderen Abstrich an der Prämie in Kauf nehmen. Die Mechaniker des Konsortiums würden diesen monströsen und unverkäuflichen Zierrat problem- und restlos entfernen. Tommy musste nicht lange suchen und in den Eingeweiden der Tür stochern. Als sich dem zu einem Haken umgebogenen Ende des Drahtes ein Widerstand bot, hoben sich seine Mundwinkel zu einem leichten Lächeln. Ein vorsichtiger, jedoch energischer Zug und die Tür sprang auf. Das leise, dumpfe Klacken, das sonst in diesem Falle zu hören war, ging in dem Sirengengeheul unter, das der Wagen immer noch von sich gab.

Tommy fehlte etwas. Eine gefühlte Leere besetzte den Ort in seinem Innern, an dem sich sonst Zufriedenheit einstellte. Das Klacken war immer ein erster Höhepunkt in einer Kette von schnell folgenden, aufregenden Ereignissen: öffnen, kurzschließen, flüchten, übergeben, abrechnen. So wie sich die Geschehnisse in seinem Rücken entwickelten, blieb ihm heute keine Zeit mehr für die Analyse seiner Gefühlswelt und Emotionen.

****

Thomas Knopfke - genannt 'Tommy' - war ein Spezialist in seinem Fach. Die berufliche Arbeitsteilung machte vor keinem Zweig der Wirtschaft halt, auch nicht vor der Schatten- und Beschaffungswirtschaft. Er arbeitete schon viele Jahre erfolgreich für ein großes, europäisches Konsortium. Dieses lieferte beliebige Traumwagen zu Wunschterminen. Die Autos wurden von seiner Abteilung in Berlin und der Mark Brandenburg beschafft und nach Polen verbracht. Dort waren fleißige Handwerker dabei, sie 'umzuarbeiten'. Mit viel Geschick entstanden in kürzester Zeit zumindest äußerlich neuwertig anmutende Wagen. Diese wurden reimportiert und wieder verkauft. Aus Gründen der Risikominderung fand das für die von Tommy beschafften Waren meist in Hamburg und im Ruhrpott statt: Dicht besiedelt und zügig zu erreichen für ein schnelles Geschäft. Durch die Optimierung der Prozesse und Geschäftsabläufe war im Laufe der letzten fünf Jahre jegliche Lagerhaltung verschwunden. In das große Projekt waren alle Abteilungen und Teams eingebunden gewesen. Eines der größeren, global arbeitenden Unternehmen zur Wirtschaftsberatung hatte den Vorgang begleitet und zertifiziert. Inzwischen hielt das Konsortium vorbildlich eine ganze Reihe von ISO-Normen ein. Tommy hatte die Urkunden in der Empfangshalle des Hauptsitzes bewundert. Die lange Reihe von Bilderrahmen mit Zertifikaten, die jeder Besucher passieren musste, hatte ihm Respekt eingeflößt. Die Führung kümmerte sich gewissenhaft und nachhaltig um Effizienz und Ordnung. Das machte ihn mächtig stolz, in diesem Konsortium arbeiten zu dürfen.

Besonders beliebt waren Oldtimer bei den Kunden. Klar, niemand konnte diese zu Neuwagen umfabrizieren. Jedoch ein wenig Tuning und etwas Aufarbeitung von Details erhöhte deren Wert schnell um ein Vielfaches. Die geschickten Mechaniker vollbrachten wahre Wunder in den großen, polnischen Werkstätten. Ihre Erfahrung und Handwerkskunst füllte die Kassen der Unternehmung reichlich und zuverlässig. So bestand die einzige Sorge des oberen Managements in der Sicherung eines kontinuierlichen Nachschubs an Rohlingen. Das garantierte eine gleichmäßig hohe Auslastung der im pommerschen Wald verborgenen Fabriken. Ein ausgeklügeltes Prämiensystem füllte die Pipeline und die Hallen. Eingeführt wurde es durch den Top-Manager Bolesław Bolesławiec (genannt 'double bowl'). Er hatte bei seinem Studienaufenthalt in einer Chicagoer Schwesterorganisation die Vorteile eines solchen Anreizsystems kennengelernt. Begeistert führte er es in Europa ein und der Erfolg gab ihm Recht. Kombiniert mit einem sozialen Sicherheitssystem nach deutschem Muster war es die Basis für ein erfülltes Arbeitsleben aller Mitglieder des Konsortiums. Es gab mehrere Jahresboni zu verteilen. Diese waren an die Erfüllung der Zielvorgaben der gesamten Unternehmung, des Teams und die persönliche Leistung gekoppelt.

Tommy hatte sich auf den Diebstahl amerikanischer Wagen spezialisiert - daher auch sein Rufname. Schon als Kind war er dem Charme der muscle-cars erlegen. Jedes Mal, wenn er einen der Boliden am Straßenrand sah, konnte er nicht vorbeigehen. Er musste eine kleine Ausfahrt mit diesem unternehmen. Die Besitzer, nicht immer umgängliche, einfache Leute, waren damit nie einverstanden. So hatte er oft Fachgespräche mit Polizeibeamten und ab und zu auch mit zwielichtigen Gesellen. Jetzt, viele Jahre später, arbeitete er in einem Team zur Oldtimer-Beschaffung. Sein Manager freute sich jedes Jahr wieder, dass er bei der nervigen und zeitraubenden Technik-Budget-Verteilung nicht mitkämpfen musste. Seine Kollegen kamen nach wie vor mit einem Schweißdraht als einzigem Werkzeug zurande. Andere

Teams mussten neueste, teure Spezialtechnik anschaffen, um moderne Luxuswagen ohne Beschädigungen zu öffnen. Tommy war zu Beginn des vierten Quartals seiner Jahreszielprämie bereits sehr nahe gekommen. Zwei Autos fehlten ihm noch. In seinen Tagträumen bereits deutlich erkennbar, winkte ihm ein zusätzlicher Geldbetrag und als erstem Planerfüller des Jahres war ihm ein Bild in der 'Straße der Besten' sicher. Diese war als Reihe von Fotos in der Eingangshalle des Konsortiumshauptsitzes aufgebaut. Sie war so platziert, dass jeder Besucher des Hauses sie passieren musste. Was für eine Ehre: Bester Autodieb des Jahres 2013 in der Kategorie Oldtimer!

Und nun war das BKA dem Autoschieberring auf die Spur gekommen. Ausgerechnet Tommy war in das Visier des Polizei-Geheimdienstes geraten. Er konnte sich immer noch nicht erinnern, welchen Fehler er begangen hatte und wo er auffällig geworden war. Da jetzt bereits seit zwei Monaten erfolglos nach ihm gefahndet wurde, war das inzwischen belanglos. Er war auf der Flucht - seit Monaten. Anfangs bewegte er sich langsam durch Berlin. Eine große Stadt war ein gutes Versteck. Nachdem immer mehr Fahndungsplakate von ihm aufgetaucht waren, musste er die Anonymität der Massen verlassen. Sie bot keinen ausreichenden Schutz mehr. Auf dem Weg in die undurchdringlichen Tiefen der märkischen Provinz kam er nach Storkow. Diese Kleinstadt schien ein erster Anlaufpunkt für alle Flüchtenden zu sein. Hier trafen sich die Hinz und Kunz der Geächteten. Ein wenig mehr statistische Arbeit würden die Polizei und einige der vielen deutschen Geheimdienste dazu veranlassen, in der märkischen Kleinstadt größere Niederlassungen zu errichten. Wie die Regierung der bunten Republik erst vor wenigen Tagen das Internet als Neuland entdeckte, stand die Staatsgewalt mit Rechentechnik immer noch auf Kriegsfuß. Ohne Computer war einfach keine Massendatenverarbeitung möglich. So blieben wichtige Erkenntnisse und Fahndungserfolgen aus. Machte aber nichts, denn sie hatten ja ihren Superhelden: den Dacapo. Der kompensierte das problemlos. Er war die Amalgamfüllung für jede organisatorische Leerstelle.

****

Der Dacapo war so richtig in Fahrt gekommen. Er war DIE Wutbombe - energiegeladen, schnell, mächtig bewaffnet und natürlich im Recht. Unzufriedener mit der Gesamtsituation konnte niemand sein.

Zuerst wurde er in die Provinz an einen Tatort befohlen, der komplett leer war. Hier gab es keine Beweismittel, keine geschlossenen Türen, keine Fenster, keine Bewohner, kein Widerstand - gar keine Menschen. Da war nichts, außer Asche, Staub und Leere. In dem Augenblick, als er die Depression der Situation genießen, sich ihr ganz ergeben wollte, versuchte jemand sein Auto zu öffnen - das war einfach unvorstellbar! Der Diebstahl eines Polizeiwagens stellte schon eine Art

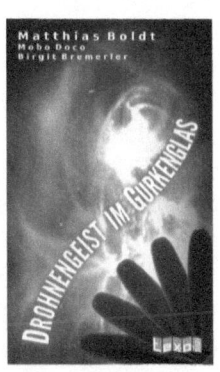

Drohnengeist im Gurkenglas
Mitten in der Mark Brandenburg geht Attila seine Selbstveränderung an. Leider kommt dabei einiges zu Schaden. Ein Feldherr hat die Lage, sich selbst und die Truppen im Griff. Attila versucht nur n...

http://texorello.org/M37

Grenzüberschreitung dar. Das Aufbrechen eines behördlichen Gefährts, dessen Blaulicht und Sirene eingeschaltet waren, konnte nur noch als 'wahrnehmungsgestörter Grenzübertritt' bezeichnet werden. Und wenn diese höchst unwahrscheinliche Tat am Dienstwagen des Dacapo begangen wurde, dann war mit dem GAU in der polizeilichen Reaktion zu rechnen. Genau dieser trat Augenblicke später ein.

Geduckt, mit langen Sprüngen, die riesige, glänzende Pistole weit vor sich haltend, sprang eine seltsame Figur auf die Straße. Bewegungen und Äußeres erinnerten an die Darstellung von Außerirdischen in billigen science fiction Produktionen. Es schien sich um eine Alien-Polizeistreife zu handeln. Zumindest war ein verborgener Beobachter zu dieser Meinung gekommen. Tommy war durch das laute Orgeln der Sirenen im und außerhalb des Wagens abgelenkt. Er nahm das Geschehen hinter ihm erst wahr, als sich die Fahrertür mit einem leichten Ruck geöffnet hatte. Da war es schon zu spät für einen Fluchtversuch. Im Glas, der von ihm bearbeiteten Tür, war eine schwache Reflexion erschienen. Ein Wesen, dessen kugeliger Kopf im unteren Bereich fahl blau von riesigen Schulterklappen beleuchtet wurde, sprang auf ihn zu. Noch durch das Heulen der Sirenen konnte er das laute Klatschen der großen Lederflügel hören, die hinter dem Wesen flatterten und aneinander stießen. Die Freude über eine erfolgreiche Arbeit war ausgeblieben. An ihrer Statt wurde Tommy von einem Panik-Tsunami so stark getroffen, dass er sich ruckartig umwandte. Starr und mit weit aufgerissenen Augen blicke er auf den Dacaop. Dieser gab im Sprung zwei Warnschüsse ab, deren lautes Krachen die Straße hinunter rollte.

Brüllender Wüstenadler
Der brüllende Wüstenadler ist ein mächtiges Schießeisen ... im wahrsten Sinne des Wortes. Der Dacapo trägt es ständig mit sich herum und es ärgert ihn, wenn er es nicht mindestens einmal am ...

http://texorello.org/M42

Beide Bündel aus Schallwellen schienen einen Wettbewerb um den ersten Platz auszutragen. Welches die große Backsteinkirche am Ende der Straße zuerst erreichen würde, blieb über mehrere Sekunden ungeklärt. Das mediale Inferno störte den Sonntagnachmittag: blinkende Blaulichter, blitzende Mündungsfeuer, jaulende Sirenen, Pistolenschüsse, knatterndes Leder und ein leises, energisches Knurren. Egal wie wütend der Dacapo war, er brachte es nicht übers Herz, in Richtung seines Autos zu schießen. Das Knurren in der rechten Außentasche seines Mantels wurde immer lauter und fordernder. Offensichtlich hatte Miezi sich dort versteckt. Das Lärmgewirr hatte den kleinen Hund richtig aufgeregt. Schon den ganzen Nachmittag über hatte er keine Ruhe gefunden. Er wollte sich jetzt nur noch abreagieren, sich sinnlos in irgendetwas verbeißen und wild knurrend daran zerren. Dem Dacapo war diese Reaktion seines kleinen, tierischen Begleiters nicht neu. Bei so manchem Einsatz hatte sich Miezi über eine sinnlos übertriebene Demonstration der Staatsgewalt beschwert. Im Normalfall geschah dies immer durch ein Verbeißen im linken Mantelschoß oder dem rechten Stiefel. Er hatte heute gar keine Lust mehr auf die Pflege seiner Dienstbekleidung. An diesem Tag war bereits so gut wie alles falsch gelaufen. Er wollte sich am Abend einfach nur noch entspannen. So griff er während des nächsten Sprunges kurz entschlossen in die rechte Manteltasche und zog die Miezi heraus. Er schleuderte den kleinen Pekinesen dem ihn immer noch anstarrenden Tommy entgegen. Der Hund hatte sich offensichtlich schon auf weiches Leder und den Geschmack des darin eingezogenen Pflegemittels gefreut - alles besser als Katzenfutter. Miezi war mit der Entwicklung der Lage noch unzufriedener als bisher. In einem Anfall aus grenzenloser Wut, Enttäuschung und Frustration verbiss sich der kleine Hund in die Bauchtasche von Tommys Kapuzen-Shirt. Jetzt war endlich der Zeitpunkt für wildes Knurren, Zerren und Zerreißen gekommen. Der Träger des Shirts riss instinktiv beide Arme in die Höhe. Zur Abwechslung starrte er jetzt auf den Pekinesen vor seinem Bauch. Die Augen quollen ihm förmlich aus den Höhlen und immer noch war jeglicher Lidschlag ausgeblieben. Der Dacapo musste nichts von 'Verhaftung', 'Hände hoch' oder andere, sonst übliche Sprüche aufsagen. Die Situation war klar und nachdem er Miezi von Tommy pflückte, hing dessen Shirt in Fetzen vor seinem Bauch. Endlich abreagiert, kläffte der kleine Hund den Gefangenen freudig an.

Miezi

Der ständige Begleiter des Dacapo hat eine deutliche Vorliebe für Fleisch - bei seiner Herkunft ist das nicht verwunderlich. Brot und Karotten stehen wirklich nicht auf seinem Speiseplan.

Das Ungeheuer hatte sich wieder beruhigt und war mit dem Ergebnis seiner Arbeit zufrieden.

****

Am Ende wurde Tommy dank des Eingreifens der 'bellenden Miezi' gestellt. So kam der Dacapo auf dem Höhepunkt seines Einsatzes in Storkow doch noch zu einer Verhaftung. Diese war gleichzeitig ein unerwarteter Fahndungserfolg und eine erneute Blamage für seine Kollegen der Abteilung 'Zentrale kriminalpolizeiliche Dienste' im Bundeskriminalamt.

Der Beobachter hinter dem Dachfenster war froh, in der dunklen Tiefe der Gaube verborgen zu sein. Dieses zweiteilige, offensichtlich außerirdische Polizeiwesen hatte ihn gewaltig erschreckt. Er kauerte in einer Ecke, fest an die Dachbalken gepresst, hielt sich mit beiden Händen den Mund zu und beobachtete das Geschehen vor dem Haus. Ein einziger Gedanke beherrschte sein Denken, füllte sein Hirn vollständig aus: Wohin nur sollte er vor diesem ganzen Wahnsinn fliehen?

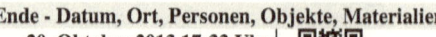

Ende - Datum, Ort, Personen, Objekte, Materialien

20. Oktober 2013 17:33 Uhr
Attilas Exil
http://texorello.org/L11

Dacapo
http://texorello.org/P18

Überblauer Einsatzwagen
http://texorello.org/E3

Tommy
http://texorello.org/P27

Miezi
http://texorello.org/E2

Brüllender Wüstenadler
http://texorello.org/E4

⊕ 3 ⊕

Das Paradies im Norden

Für den Dacapo war es an der Zeit, Storkow wieder zu verlassen. Da der Tatort komplett gelöscht war und es nichts mehr zu untersuchen gab, hatte er seinen Einsatz nicht ausführen können. Trotzdem war ihm ein Fang geglückt. Jetzt wollte der Dacapo zügig die Provinz verlassen und wieder zurück in die große, bunte Stadt im Norden. In Storkow hielt ihn nichts mehr. Also hatte er nur noch den Verbrecher einzupacken und den Weg nach Hause anzutreten. Doch dieser und die kleine märkische Stadt schienen andere Ideen zu haben.

'Warum gleich aufgeben?', schien sich der Gefangene gesagt zu haben, nachdem er seine kurze Schreckstarre überwunden hatte. Er konnte nicht ahnen, dass er gerade der kombinierten Verkörperung von Staatsgewalt und Kompromisslosigkeit begegnet war.

Die Heimreise zögerte sich also noch etwas hinaus.

3.1 Kein Weg hinaus

http://texorello.org/W23C3P3

> Dies ist der andre Weg, geh diesen Weg;
> sei sicher, dieser führt dich heim.
>
> *Otfrid von Weißenburg*

Anfang - Datum, Ort
20. Oktober 2013 17:33 Uhr
Attilas Exil
http://texorello.org/L11

Personen
Dacapo
http://texorello.org/P18

Tommy
http://texorello.org/P27

Objekte, Materialien
Miezi
http://texorello.org/E2

Überblauer Einsatzwagen
http://texorello.org/E3

Brüllender Wüstenadler
http://texorello.org/E4

In der Kirchstraße war es dunkel geworden. Blaue Lichtreflexe huschten über Zäune und Wände der Häuser. Die farbigen Streifen tasteten die Umgebung zaghaft ab. Offensichtlich waren sie auf der Suche nach etwas. So sehr sie sich auch anstrengten: Sie blieben erfolglos. Jeder der Lichtstrahlen hatte seinen Ursprung in einer der vielen Rundumleuchten eines Polizeiwagens. Ein 1970-er Oldtimer stand mitten auf der leeren Straße geparkt. Er war mit blinkenden, blauen Lichtern übersät. Selbst an den Kotflügeln befanden sich flache Leuchten, die rhythmisch in blauem Licht erglühten. An diesem Sonntagabend war jegliche Bewegung in der märkischen Kleinstadt erstorben. Die Straßensperrung interessierte keinen der Einwohner. Es war die Zeit der Familie und des gemeinsamen Abendessens, wie in allen deutschen Kleinstädten. Vor dem ungewöhnlichen Gefährt stand eine schmächtige Person.

Sie war in ein zerrissenes Kapuzen-Shirt gekleidet. Handschellen hielten ihre beiden Hände vor dem Bauch zusammen. Dieses spezielle Accessoire und die Gesamtsituation sorgten wohl für die hängenden Schultern und den deprimierten Gesichtsausdruck.

"Wer bist' eigentlich?"

Diese Frage stellte ein Polizeiwesen, das nicht von dieser Welt zu sein schien. Es hatte einen kugeligen, glatten Kopf, der keine Oberflächenstrukturierung zu

Überblauer Einsatzwagen

Eines Tages stand dieser Oldtimer verwaist auf einem Innenhof des Bundeskriminalamtes in Berlin. Der Dacapo nahm sich des Wagens an und dekorierte ihn mit vielen Leuchten. Nun ist sein 'Überblaues...

besitzen schien. Er war nur mit Fortsetzen anstatt Ohren und großen Augenwülsten versehen. Eventuell befanden sich dort auch keine Augen, zumindest war nichts davon zu erkennen. Der lange, schwarze Ledermantel reichte beinahe bis auf den Boden und hüllte es vollständig ein. Seine Falten verbargen jegliche Körperstruktur. Blaue, glimmende, riesige Schulterklappen beleuchteten den Kopf an dessen Unterseite.

"Tommy - Thomas Knopfke", kam als zaghafte Antwort unter der Kapuze hervor.

"Ah, Knopfke! ... sacht ma nix."

Das Wesen griff sich mit der linken Hand an den Kopf und riss ihn sich ab. Tommy zuckte zusammen und begann in Erwartung weiterer, noch schrecklicherer Ereignisse zu zittern. Als anstatt des Kopfes nur ein langer, brauner Nylon-Strumpf in der Hand seines Gegenüber verblieb und ein normaler Kopf mit einer großen Hornbrille zum Vorschein kam, fing sich Tommy wieder. Er betrachtete den Fänger, der ihn gefesselt hatte, eingehender. Dieser entfernte seine Ohrstöpsel und wurde damit noch menschlicher als zuvor. Er wirkte jetzt fast vertrauensvoll. 'Wahrscheinlich auch ein Beschaffer. Zumindest keine wirkliche

Polizeistreife. Kein Polizist trägt eine Strumpfmaske', überlegte Tommy. Irgend eine Möglichkeit musste es doch geben, aus der Falle zu entwischen und die Flucht fortsetzen zu können. Vielleicht konnte er ein Geschäft aushandeln. Einen Versuch war es zumindest wert.

"Du überlässt mir jetzt den Oldtimer und ich lass dich laufen", war der übereilte und wenig durchdachte Vorschlag, der forsch unter der Kapuze hervordrang.

Tommy sah dem Maskenlosen unschuldig und freundlich in die Augen. Das konnte er gut. Mit dem Erwecken scheinbarer Hilf- und Harmlosigkeit war er bereits aus so mancher Zwickmühle gekommen. In der Beurteilung des Dacapo hatte er sich geirrt. Der gewaltige Geheimpolizist war nicht manipulierbar und er trug Strumpfmasken, immer. Schließlich war er 'Anonyma Zivila'. Diese Verkleidung schützte auch vor Manipulationen. So zog er den Strumpf wieder über seinen Kopf. Trotzdem, irgendwie war der Dacapo zuerst etwas irritiert. Unter der Maske verborgen, überlegte er angestrengt, was sein Fang plante. Er konnte diesen Ausspruch von Tommy nicht mit den Geschehnissen der letzten Minuten in Deckung bringen. Hatte er doch den Autoknacker auf frischer Tat ertappt, gestellt und festgesetzt. Jetzt sprach dieser davon ihn - die Verkörperung der Staatsgewalt - laufen zu lassen!

"Ja aber - merks'de nich, dass ick dir verhaftet habe?"

Tommy bemerkte den Fehler in seinem übereilten Angebot und versuchte noch etwas zu retten.

"Doch schon, aber im Fernsehen machen die dann immer so Deals. Da dachte ich, das machen wir beide jetzt auch so."

Der Dacapo baute sich drohend vor Tommy auf. Die große Gestalt des gewaltigen Geheimpolizisten überragte den Autodieb um eine ganze Kopfeslänge.

"Glaubs'de etwa, ick bin aus'se Flimmerkiste?"

Als der überlange Lauf der mächtigen Pistole in seinen Bauch pikste, klappte Tommy mental zusammen. Das war es gewesen. Der seltsame Polizist war doch echt, meint es ernst und hatte ihn gefangen: aus und vorbei. Der Bonus für dieses Jahr war weg und im nächsten Jahr würde er wohl bestimmt nur die Mindestversorgung für Inhaftierte vom Konsortium bekommen.

"O.k. ... Tschuldigung."

Der Dacapo öffnete die Fahrertür des Wagens, kippte den Sitz nach vorn und schubste Tommy auf die Rückbank. Von der Decke hing eine kurze Kette. Wenige Augenblicke später waren die Kette und die Handschellen durch ein winziges Vorhängeschloss miteinander verbunden. Der kleine Hund, der kurz zuvor noch die Brusttasche des Kapuzen-Shirts zerfetzt hatte, sprang durch die Tür und setzte sich ebenfalls auf die Rückbank. Er knurrte den Gefesselten an.

"Benimm dich", sagte der Dacapo und kippte den Sitz zurück.

Tommy wusste nicht, ob das ihm oder dem Pekinesen galt, der ihn unablässig in die Seite knuffte und dabei knurrte. Im hinteren Teil des überblauen Einsatzwagens war es eng geworden und die Kette reduzierte seine Bewegungsfreiheit auf ein Minimum. Tommys Stimmung sank auf ein Allzeittief.

Der Dacapo dagegen, begann bessere Laune zu bekommen. Ging es doch zurück nach Berlin-Treptow. Er durfte endlich die Provinz verlassen, in die große, bunte Stadt zurückkehren und einen Erfolg hatte er auch noch vorzuweisen. Er ließ den blubbernden 8-Zylinder-Motor an und fuhr langsam in Richtung des Marktplatzes davon. Bis dorthin konnte er sich von der Ankunft erinnern. Es war, als sei er erst mit der Driftaktion quer über den Marktplatz erwacht. Daran, wie er den Weg in den Ort hinein gefunden hatte, konnte er sich beim besten Willen nicht mehr erinnern. Egal wo er entlangfahren musste, am Ende hatte er noch immer den Weg zurück in seine Heimatstadt gefunden. Also fuhr er munter und gerade darauf los - weiter nach Süden. Das war natürlich nicht der richtige Weg und der erste Wegweiser zeigte ihm das sehr deutlich. Nach Beeskow wollte er nicht. Von diesem Ort hatte er noch nie etwas gehört. Es wurde ihm sofort klar, dass der noch weiter als Storkow von Berlin entfernt sein musste. An der nächsten Kreuzung fuhr er wieder nach links in Richtung Norden. Dort war die Heimat und dort musste er hin. Als eine Burg auf der rechten Straßenseite erschien, war er sicher, nach links fahren zu müssen. Und schon stand er wieder auf dem Marktplatz. Jetzt wurde er nervös. Offensichtlich führten alle Straßen nach Storkow und keine wieder hinaus. Diese Erkenntnis traf ihn mit solcher Wucht, dass er sie sofort seinen beiden Gefährten mitteilen musste. Miezi war das ganz egal. Der kleine Hund verstand den Berliner Dialekt immer noch nicht.

"Wenn hier niemand rauskommt, dann müsste es in den Jahren ganz schön voll geworden sein. Kann aber niemanden außer uns sehen...", platzte Tommy heraus.

Das ließ sich der Dacapo nicht zweimal sagen. Der gefangene Verbrecher nahm ihn offensichtlich nicht ernst! Wütend kniff er die Augen zusammen. Sein Mund formte sich zu einem schmalen Schlitz und mit einem kräftigen Tritt drückte er das Gaspedal gegen das Bodenblech. Der Wagen war solch rüde Behandlung gewohnt. Sein V8-Block stöhnte brüllend auf. Er drückte hörbar aus, was der Fahrer empfand: Entrüstung und Wut. Quietschend schleuderte der Wagen durch die abendlichen Straßen der Innenstadt von Storkow. In jeder Kurve brach das Heck aus und das Differenzial hatte Probleme, die Kraft des Motors adäquat der unangemessenen Fahrweise auf die beiden Hinterräder zu verteilen. Während die Kegelzahnräder der Kraftverteilung summten, wütete der Dacapo hinter dem Lenkrad. Nach der dritten Runde, die sie immer wieder zum Marktplatz und vorbei an der Burg führte, begann der Magen von Tommy zu rebellieren. Miezi hatte das Autofahren erst als Weggefährte des Dacapo kennengelernt. Für den kleinen Pekinesen war eine ekstatisch, extrovertierte Fahrweise, die sich aus Prinzip nicht an den erlassenen Regeln orientierte, also völlig normal. Er wunderte sich über den Farbverlust im Gesicht des Gefangenen, der mit ihm die Rückbank teilte. Ein hinreichender Grund, um nervös bellend dem Fahrer anzuzeigen, dass sich die Lage auf den hinteren Sitzen negativ entwickelte. Mit einem hastigen Blick in den Rückspiegel erfasste der Dacapo die Situation.

"Wenne dich hier überjibst, dann überjib ick dich dem Scharfrichter", brüllt er über die Schulter.

Tommy schluckte nervös, wurde ob der nachdrücklichen

Drohung noch bleicher und klammerte sich an seiner Kette fest. Wer hätte das gedacht. Die Kette, die ihn fesselte, war sein Anker in dem aktuellen Wahnsinn geworden. Sie gab ihm den notwendigen Halt und verband ihn mit dem Wageninneren. Er konnte nicht ahnen, dass das Chaos noch nicht seinen Höhepunkt erreicht hatte.

Bei ihrer vierten Ankunft auf dem Marktplatz trafen sie unerwartet auf einen Einwohner. Mitten auf der Straße und auch mittig im Lichtkegel einer der Laternen, stand eine zierliche Person, ein Mädchen. Von einem Augenblick auf den anderen war es plötzlich erschienen. Weiche, gelbe Wogen von Photonen umspielten es und gaben ihm ein zartes, beruhigendes Aussehen. So wie es dort stand und erleuchtet wurde, erinnerte es an 'zu Hause'. Der Dacapo war sich vollständig sicher, dass sich unter der Lampe noch niemand befunden hatte, als sie in die Straße eingebogen waren. Da die Wege und Plätze Storkows um diese Zeit menschenleer waren, fiel ihm jeder Passant ganz besonders auf. Das Mädchen passierte jedoch nicht, es stand mitten auf der Straße und für den breiten Wagen gab es keine Möglichkeit auszuweichen. So kam, was kommen musste und was Miezi und der überblaue Einsatzwagen bereits zur Genüge kannten - eine Notbremsung. Schon wieder quietschten die Reifen, laut und energisch radierten sie über den Asphalt. Zu diesem Zeitpunkt versagte das Getriebe die Folgschaft und würgte den Motor ab. Das schwere Fahrzeug brach zur rechten Seite aus, drehte sich dabei quer zum Verlauf der Fahrbahn und folgte dem Impuls der Bewegung weiter. In seiner Driftbewegung kam es etwa einen Meter vor dem unbeweglich stehenden Mädchen zum Stillstand. Ruhe, Bewegungslosigkeit - nur im Wageninneren pendelten die Köpfe der Fahrgäste noch hin und her. Das Mädchen blickte durch das Fenster der Fahrertür direkt auf den Dacapo und lächelte ihn an. Nach einer Reihe tiefer Atemzügen, die ihn beruhigten und den Pegel des in den vorherigen Schrecksekunden aufgebauten Adrenalins langsam senkten, kurbelte er das Fenster hinunter. Noch bevor der gewaltige Geheimpolizist eine erziehungswirksame Standpauke halten konnte, sprach das

Mädchen ihn an.

"Sei gegrüßt, unermüdlich Kreisender."

Das klang ganz und gar nicht nach dem orts- und zeitüblichen 'Hi' oder etwas schüchternen 'Hallo'. Schon wieder war der Dacapo sprachlos. So blieb ihm die Zeit für eine Musterung des Mädchens, das so spät und allein im sonntagabendlichen Dunkel unterwegs war. Er konnte keine Anzeichen für die geistige Störung entdecken, die der Polizist zuerst bei ihm vermutet hatte. Eher etwas abenteuerlich wirkte das Kind. Die bunte Ringelstrumpfhose und die samtene Jacke, die aus vielen Flicken in den Farben des Herbstes zusammengesetzt war, wirkte seltsam vertraut auf ihn. Auch die große Kapuze, die in einem langen Zipfel endete, der fast den Boden berührte, erstaunte ihn nicht. Das war verständlich, denn er kam aus Berlin. Dort waren täglich Menschen in allen möglichen und unmöglichen Bekleidungen unterwegs. Das Mädchen hatte das lange, blonde Haar zu einem großen Zopf gebunden und diesen auf dem Kopf in einen Kranz gelegt. Einzelne, kleine Blüten steckten darin. Erst einige Gedanken später fiel dem Dacapo auf, was ihn an der zierlichen Person irritierte: Sie trug zwei unterschiedliche Schuhe, einen flachen Sneaker an dem einen Fuß und der andere wurde durch einen Stiefel bekleidet.

"Hallo Kind, 's schon spät. Soll ick dich zu de' Eltern bringen?"

"Vielen Dank für ihre Bemühungen. Ich wünsche mir nichts sehnlicher. Leider wird auch dir das nicht gelingen. Das liegt außerhalb deiner Macht."

"Macht? Ick bin praktisch die gewaltige Staatsmacht!"

"Ja, ich weiß. Trotzdem bist du nicht mächtig genug."

Auf der Rückbank sank Tommy in sich zusammen. Er machte sich ganz klein. Dieser Polizist hatte eine Macht- und Gewalt-Psychose. Jeder, der seinen Weg kreuzte, war gut beraten, ihn nicht auf das Thema 'Macht' anzusprechen. Sein Deal-Experiment war noch harmlos gewesen im Vergleich zu der Behauptung, die Macht des Dacapo würde nicht ausreichend sein. Tommy erwartete einen Wutausbruch, der gleich einem Tornado die gesamte Kleinstadt verwüsten würde. Schützend beugte er sich über den kleinen Hund. Dieser hatte, offensichtlich wegen seiner Sprachprobleme, gar nichts verstanden und fühlte sich eingeengt. Er versuchte, sich mittels eines drohenden Knurrens Platz zu verschaffen. Als das nicht gegen den Beschützerinstinkt seines Sitznachbarn half, verbiss er sich zum zweiten Mal an diesem Abend in die Bauchtasche von Tommys Kapuzen-Shirt.

Den Dacapo ließ das Geschehen komplett unberührt. Mit einem Mal war ihm klar geworden, dass das Mädchen durch eine Verwerfung in den Abläufen der Zeit geschlüpft war. Es hatten einen dieser extrem seltenen Risse im Gefüge des Universums genutzt, um hier zu erscheinen. Außerdem wusste er, dass es nur für ihn erschienen war und dass es diese Sprünge im Gefüge der Zeit förmlich anzog. Er konnte sich seine Gewissheit und die Herkunft des Wissens nicht erklären. Was ihm vollständig egal war. Auch sein Beschützerinstinkt war erwacht. Langsam öffnete er die Tür und schraubte sich aus dem Wagen. Dann ging er vor dem Kind, mitten auf der Straße, in die Hocke. So hatten sie die gleiche Augenhöhe.

"Sag mir, was kann ich für dich tun? Was ist dir geschehen?"

Mit einem Mal sprach der Dacapo Hochdeutsch. Wer ihn länger und besser kannte, der wusste, dass der schnoddrige Brandenburger Dialekt genauso zu seiner Tarnung als 'Anonyma Zivila' gehörte, wie zum Beispiel die Strumpfmaske. In Situationen, die ihn zutiefst berührten, vergaß er den Dialekt zu nutzen, ließ seine Masken fallen. Anstatt einer Antwort begann das Mädchen zu singen:

> Ich arme Tambourette,
> Man führte mich aus der Zeiten Gewölbe,
> Wäre ich beim Tambour geblieben,
> Dürfte ich nicht gefangen liegen.

> Oh Himmelsdom, du hohes Haus,
> Du siehst so furchtbar aus,
> Ich schaue dich nicht mehr an,

Weil ich weiß ich gehöre nicht hieran.

Wenn die Zeit vorbeimarschiert,
Bei mir nicht einquartiert,
Wenn ich mich frage, wer ich gewesen bin:
Tambourette von der Schwedengarde.

Tambourette
Im Jahr 1619 in Schweden geboren und 1631 in Storkow gestrandet, streift die Tambourette ruhelos durch das Dahmeland, das Auenland der Mark Brandenburg. Sie findet erst ihre Ruhe, 'wenn der Strom r...

http://texorello.org/M43

Der Dacapo sah sie betroffen und traurig an.

"Armes Mädchen, bei deiner Heimkehr kann ich dir leider wirklich nicht helfen. Aber vielleicht kannst du mir einen Ratschlag geben. Ich kann den Weg aus dieser Stadt nicht finden, möchte ich doch zurück in die große Stadt im Norden."

"Dann lass mich dir helfen", sagte die Tambourette traurigsanft. "Im Norden ist auch meine Heimat - dort ist das Paradies. Alle Paradiese sind im Norden, immer. Sie sind dort, wo die Bruchwälder und Auen enden. Wusstest du das?"

"Ob Berlin das Paradies ist, weiß ich nicht. Für einige Menschen bestimmt. Nur, wie gelange ich wieder dorthin?" Er sah das Mädchen ratlos an.

"Du musst an der nächsten Weggabelung nur die Augen schließen und den Weg des Herzens wählen. Dann verlässt du die Wälder", sprach die Tambourette verträumt. Mit einem traurigen, leisen Unterton setzte sie hinzu: "Ich kann leider die Augen vor nichts verschließen, ich kann die Wälder des Dahmelandes nicht verlassen."

Dieser Ratschlag sagte dem Dacapo nichts.

"Ich kann mich an keine Wälder erinnern. Bei der Ankunft

habe ich ausschließlich Ackerflächen gesehen."

"Oh doch, vor einigen Jahrhunderten waren viele hier und in einigen werden diese auch wieder sein. Die Zeit holt sich alles wieder zurück: Wald und Wasser und Auen und Bruch..."

"Und du glaubst, dass es funktioniert?"

Mit einem Mal erinnerte er sich an die Fahrradfahrer, die er auf seiner Fahrt nach Storkow im Wald getroffen und von der Straße gefegt hatte.

"Doch ja, es könnte wirklich funktionieren. Vielen Dank für den Ratschlag", beschloss er das Gespräch und richtete sich auf. Als er sich umgewandt hatte, fiel ihm eine Begebenheit ein, von der er vor nicht allzu langer Zeit gehört hatte.

"Ach, ein Mensch fällt mir ein, der dir helfen könnte: der Zeitreisende. Obwohl ich bisher nur von ihm gehört habe, bin ich von seiner Existenz überzeugt. Wenn ich ihn treffe, bitte ich ihn, dir zu helfen."

"Vielen Dank Gewaltiger", sagte die Tambourette und beendete ihrerseits das Gespräch mit einer Verbeugung.

Das Mädchen ging in eine Seitenstraße davon. Der Zipfel der langen Kapuze wippte und pendelte und die Schelle an ihrer Spitze läutete leise. Einen Augenblick später war es in der Dunkelheit und den Falten der Zeit verschwunden, so plötzlich, wie es erschienen war. Der Dacapo ließ sich auf den Fahrersitz des Oldtimers fallen.

"Uff! Dat is wat! Jetz nischt wie nach Hause." Da war er wieder, sein Dialekt.

"Sie wollen doch nicht wirklich beim Fahren die Augen schließen?", fragte Tommy zaghaft. Seine Übelkeit war gerade verschwunden und er begann sich, soweit man das angekettet konnte, etwas wohler zu fühlen.

"Klar doch! Wie's die Tambourette jesaacht hat!", war die schnelle und bestimmte Antwort.

Miezi drehte sich auf der Rückbank um, um das Desaster nicht mit ansehen zu müssen. Der Motor startete blubbernd beim zweiten Versuch und der Dacapo wendete den Wagen. Als die Burg vor ihnen auftauchte, schloss er die Augen, dachte an

Wälder und entschloss sich nach links abzubiegen. Mit geschlossenen Augen konnte er das rote Licht, das die Ampel in seine Richtung strahlte, nicht sehen. Miezi sah es auch nicht und Tommy wurde wieder bleich. Sein Magen rebellierte gegen die Schwerkraft und die Übelkeit kam auf einen Schlag zurück, als ob sie ihn nie verlassen hätte. 'Hoffentlich ist diese Fahrt bald beendet.' Diesen Gedanken wiederholte er gebetsartig immer und immer wieder. Als sich der Dacapo an der nächsten Kreuzung mit geschlossenen Augen zu ihm umdrehte, schloss auch Tommy die Augen. 'Ich werde sterben: angekettet, unter Verrückten und einsam in der Provinz!', war sein letzter Gedanke, bevor der Wagen eine weitere der rot leuchtenden Ampeln passierte. Aus irgend einem Grund, der Tommy wegen seiner geschlossenen Augen entging, hatte das Krachen und Poltern hinter dem Einsatzfahrzeug keine Erschütterungen im Wageninneren zur Folge.

Ende - Datum, Ort, Personen, Objekte, Materialien

20. Oktober 2013 18:11 Uhr
Marktplatz Storkow
http://texorello.org/L19

Tommy
http://texorello.org/P27

Miezi
http://texorello.org/E2

Dacapo
http://texorello.org/P18

Tambourette
http://texorello.org/P23

Überblauer Einsatzwagen
http://texorello.org/E3

3.2 Am Ausgang
http://texorello.org/W23C3P6

Wer die Kartoffeln aus dem Feuer holt,
der isst sie selten selbst.
Märkisches Sprichwort

Von allen Zwängen der innerstädtischen Enge befreit, blubberte der große Motor des Wagens freudig und trug die Gesellschaft der nördlichen Grenze der märkischen Kleinstadt entgegen. Unfreiwillig zusammengefunden, hatten sie sich inzwischen miteinander arrangiert. In die Kabine des Oldtimers war so etwas wie ein professionelles Miteinander eingezogen.

Der Dacapo hebelte aufgeräumt am Radio und schaltete von einem lokalen Radiosender zum nächsten, ohne an den übermittelten Inhalten interessiert zu sein. In seinen Gedanken war er bereits mit der Ankunft in der großen, bunten Stadt beschäftigt. Von dem Radio erhoffte er sich, dass es kurzzeitig die zerstörte Kassette ersetzte und AC/DC spielte. Das altertümliche Gerät produzierte aus unverständlichen Ansagen und einem fortwährenden, sanften Rauschen einen Geräuschteppich, der sich auf alles im Inneren der Kabine legte. In diesen wob der große Motor sein sonores Brummen wie einen Silberfaden, der nur einen geringen Anteil

Anfang - Datum, Ort
20. Oktober 2013 18:17 Uhr
Storkow Ortseingang Nord
http://texorello.org/L36

Personen
Dacapo
http://texorello.org/P18

Tommy
http://texorello.org/P27

Jewgeni
http://texorello.org/P20

Wassili
http://texorello.org/P19

Objekte, Materialien
Miezi
http://texorello.org/E2

Überblauer Einsatzwagen
http://texorello.org/E3

am Stoff ausmacht, aber immer präsent ist. Selten wurde die einschläfernde, akustische Kulisse von Musikstücken unterbrochen, die der Dacapo durch ein Weiterschalten sofort beendete. Die Songauswahl der Lokalsender traf seinen Geschmack ganz und gar nicht - nur Schlager ... einfach unerträglich.

Auf der Rückbank versuchte Tommy zu schlafen. Dieser Abend, der seine Flucht beendete, hatte ihm die letzten Reserven seiner seelischen Stabilität abverlangt und diese erfolglos verbraucht. Wollte er nicht in einen endlosen, hysterischen Heulkrampf ausbrechen, musste er diesen Speicher seiner Psyche wieder aufzufüllen. Die Ketten, die ihn an das Innere des Wagendaches fixierten, ließen gerade soviel Bewegungsfreiheit, dass er sich an die Seitenwand und das kleine Fenster legen konnte. Die Lehne der Rückbank war für ihn unerreichbar. Seit der Überquerung der ersten Kreuzung bei roten Ampeln hatte er die Augen geschlossen gehalten. Er befand, dass er nicht noch mehr visuelle Reize ertragen konnte. Inzwischen dämmerte er immer wieder in einen Sekundenschlaf hinüber, der ihm die gleiche Erholung brachte, wie eine Ohnmacht. Für kurze Zeitintervalle schaltete er sich einfach ab und ließ sein Hirn ruhen.

Im Gegensatz zu Tommy war Miezi gar nicht müde. Der kleine Pekinese saß auf der anderen Seite der Rückbank und knuffte den Verbrecher ununterbrochen in die Seite. Bewegte sich dieser um auszuweichen, folgte ein leises, drohendes Knurren. Mit Verbrechern hatte er kein Einsehen, als Polizeitier vertrat er ganz klar das Gesetz und die Meinung: 'Verbrechen zahlen sich nicht aus'. Miezi lauschte auf das leise Klirren der stählernen Glieder der Ketten. Als Hund war es dem kleinen Tier vergönnt, die einzelnen Geräusche im Inneren des fahrenden Wagens nicht als akustischen Brei wahrzunehmen. Wie einzeln stehende Bäume auf einer großen, grünen Wiese waren für ihn die unterschiedlichen Tonquellen unterscheidbar und bildeten eine schöne, lockere Landschaft. Wer benötigt schon Licht und Sicht, wenn er hören konnte. Fehlte in dieser Umgebung das Klirren und

Klingeln der Ketten, war das akustische Gelände nicht perfekt und konnte es nur eine Ursache dafür geben: Der Gefangene bewegte sich nicht. Das war nicht gut. Seine Erfahrung sagte ihm, dass festgesetzte Kriminelle immer in Bewegung gehalten werden mussten. Dann waren sie beschäftigt und hatten keine Zeit, um auf sehr dumme Ideen zu kommen. So analysierte Miezi alle Geräusche im Inneren der Kabine und war kein Klirren darunter, sprach das Polizeitier seinen angeketteten Sitznachbarn an. Der war genauso dumm wie alle anderen Menschen auch, mit denen man sich nicht unterhalten konnte, da sie seine Sprache nicht lernen wollten.

****

Während der 1970-er Oldtimer auf den großen Kreisverkehr am Ortsausgang zusteuerte, standen zwei Gestalten nur wenige Meter hinter dem Ortsschild mitten auf der Straße. Sie trugen gemeinsam ein hölzernes Zaunfeld, auf dem Teile des halb verrotteten Stammes einer Birke lagen. So weit vom Marktplatz Storkows entfernt gab es keine Straßenbeleuchtung mehr und natürlich waren die beiden Holzsammler dunkel gekleidet. Das war unpassend für den nächtlichen Aufenthalt auf unbeleuchteten Straßen, für Wassili und Jewgeni jedoch normal. Sie trugen alte, schwarze Armee-Overalls, die an vielen Stellen Flecken von Öl und Schmierfett zierten. Diese Bekleidung war praktisch und unauffällig - zumindest in ihrer Heimat, dem fernen Transnistrien.

"Du Wassili, meinst du, die Latten des Zaunes brennen? Riech' doch einmal daran ... da ist eine klebrige, stinkende Farbe drauf."

Der Angesprochene hätte jetzt die Hände in die Hüften gestemmt, den Kopf auf die rechte Schulter gekippt und seinen Freund Jewgeni durchdringend und fragend angesehen, wenn es nicht stockdunkel gewesen wäre und sie nicht gemeinsam das Holz tragen würden. So kann er nur entrüstet antworten.

"Ach Jewgeni, natürlich wird der Zaun brennen! Die Farbe riecht wegen des Lösungsmittels darin so seltsam und das ... brennt extra gut", nach einer kurzen Unterbrechung fügt er hinzu:

"und riecht dann noch intensiver."

"Ja, schade, ist kein Kartoffelfeuer. Du hattest mir ein solches versprochen."

Wassili ist etwas ungehalten, wegen des Einwurfes seines Freundes: "Siehst du hier irgendwo trockenes Kartoffelkraut?"

"Nein?"

"Nein!"

"Schade", wiederholt Jewgeni leise.

Wassili bleibt nur, mit den Augen zu rollen. Die Dunkelheit verbirgt dies vor Jewgeni und erspart ihm damit einen depressiven Abend.

Die wandernden Wissenschaftler aus Transnistrien haben ihren Kleinbus auf einer Freifläche abgestellt. Der ausklingende Tag war erfolgreich und auch nicht. Vielleicht könnte man ihn als 'übererfolgreich' bezeichnen. Hatte doch die Löffelbombe nicht nur die geforderte Aufmerksamkeit erregt, sondern auch alle Nachrichten vernichtet, die ihr Auftraggeber an seinen Schuldner übermitteln wollte. Nun waren sie gezwungen, die weitere Schritte ihres Vorgehens zu überdenken, schließlich war die Mission noch nicht erfolgreich abgeschlossen. Die Nachrichten mussten unbedingt übermittelt werden. Für die Planung weitreichender Aktionen gab es kein besseres Ambiente als ein Lagerfeuer und gegrillten Fisch. Im Niemandsland vor dem Ortseingangsschild errichteten sie ein großes Zelt und entzündeten zwischen Zelt und Bus ein Feuer. Auf einem Grillrost, der schräg gegen das allmählich verlöschende Feuer lehnte, hingen zwei Fische in der Hitze und dem Rauch. Die Flammen züngelten nur noch knapp über dem Boden und erleuchteten das Zelt und den Kleinbus kaum. Den beiden Campern war das Brennmaterial ausgegangen und so machten sie sich auf die Suche nach neuem, trockenen Holz. Gleich zwischen den Häusern am Ortsrand wurden sie fündig. Eine alte, umgestürzte Birke lag neben dem Feldweg. Schnell waren die restlichen, morschen Äste vom Stamm gebrochen. Diesem allein trauten Wassili und Jewgeni nicht zu, ihr Feuer lang genug am Leben zu erhalten. Eine weitere Quelle für ihr Feuerholz war schnell gefunden. Das nächste Haus stand hinter einem Lattenzaun. Wassili nahm einen Elektroschrauber von seinem Werkzeuggürtel und begann eines der Zaunfelder zu demontieren. Wenn sie dieses ihrem Holzvorrat hinzufügten, würde er für den heutigen Abend eine ausreichende Größe besitzen. Schnell und einstimmig hatten sie beschlossen, dass hier draußen niemand einen Zaun benötigt. Der belebte Teil von Storkow war einige hundert Meter entfernt. In diesen Teil des Ortes verirrten sich nur die Anwohner selbst - und Wissenschaftler auf Wanderschaft. So ernteten sie einen Teil der sinnlosen Grenzbefestigung, legten den Birkenstamm auf das Zaunfeld und trugen beides zu ihrem Lager auf der anderen Seite der Straße.

****

Als das überblaue Einsatzfahrzeug sich dem provisorischen Camp näherte, standen Wassili und Jewgeni immer noch mitten auf der Straße. Vertieft in ihre Unterhaltung über Kartoffelfeuer, blockierten sie mit ihrem Holzvorrat beide Fahrbahnen. Die dunklen Gestalten bemerkte der Dacapo erst einige Sekunden, nachdem das Licht der schwachen Frontlichter des Oldtimers sie erfasst hatte. Instinktiv trat er mit aller Kraft auf Kupplung und Bremse. Die Räder blockierten sofort, das Fahrzeug brach aus, drehte sich und rutsche quer über die Fahrbahn. Unter lautem Quietschen schleuderte der Oldtimer auf die beiden Holzträger zu. Direkt vor ihnen kam der alte Wagen zum Stehen. Sein hohes Gewicht ließ ihn stark in der Federung schaukeln. Dieser war vor einigen Augenblicken alles abverlangt worden und sie musste sich nun erst beruhigen. Die Köpfe des Dacapo und von Tommy pendelten synchron dazu ebenfalls aus. Miezi dagegen war gegen die Rückenlehne des Beifahrersitzes geschleudert worden und verhielt sich zum ersten Mal am heutigen Abend ruhig. Zu groß war der Schreck, der das Tier während der abrupten Richtungsänderung und Notbremsung erfasst hatte. Als das Fahrzeug zur Ruhe gekommen war, hieb der Dacapo auf den Schalter des Blaulichtes.

"Grrr, watt für'n Unfug! Sind hia suizidale Trolle

untawechs?", kommentierte er diese Aktion, immer noch erschrocken.

Sofort fluteten blaue Lichtblitze den Abend. Ihre Photonenzungen leckten über die Bäume am Rand der Straße und die beiden Gestalten neben dem Wagen. Sie wirkten erstarrt, nahezu eingefroren. Offensichtlich versetzte sie nicht nur der Schrecken der plötzlichen Begegnung in diesen Zustand. Mit geweiteten Augen starrte der Dacapo aus dem Seitenfenster auf den Teil des Hindernisses, der direkt davor stand und nun rhythmisch in verschiedenen Blautönen beleuchtet wurde. Die Gestalt beugte sich nach unten und starrte mit ebenfalls geweiteten Augen zurück. Über mehrere Sekunden war nur das sanfte Blubbern des leer laufenden V8-Motors zu hören. Niemand sagte etwas oder rührte sich. Sehr langsam kamen die Gedanken zurück in den Kopf des Dacapo. Neue Sinneswahrnehmungen schalteten sich hinzu. Brannte da nicht direkt vor ihnen auf dem Feld ein Feuer und war daneben nicht ein Zelt aufgestellt? Das konnten wirklich nur suizidale Trolle sein, schlussfolgerte der Dacapo. Offensichtlich waren die beiden Gestalten dabei, Holz für ihr Feuer zu sammeln. Der Polizeisinn begann sich in ihm zu regen: 'Dürfen die das überhaupt?' Zum letzten Mal hatte er als Kind gezeltet. Das war lange her und er konnte sich nur noch daran erinnern, dass ununterbrochen regnete und das Berühren der Zeltwand strengstens verboten war. Wo und unter welchen Bedingungen Zelten heute möglich und gestattet war, wusste er nicht, hatte es ihn bisher doch nie interessiert. In Berlin wurden Zelte zumeist über Gruben des Tiefbaus errichtet. In diesen wollte niemand wohnen und genehmigt wurden die Stoffbauwerke vom Bauamt. Als logische Schlussfolgerung konnte er also annehmen, dass Zelte nicht in den Zuständigkeitsbereich eines Verbrecherjägers des Bundeskriminalamtes fallen. Das beruhigte ihn, hatte er doch eine Aufgabe zu erfüllen, von deren Erledigung er ungern abgelenkt werden wollte. Der Gefangene musste in der großen, bunten Stadt abgeliefert werden. Das hatte eindeutig Priorität und fiel ganz klar in seine Zuständigkeit als Beamter des BKA.

"Für Hirsche fehlt denen det Jewei. Wie Trotteltrolle seh'n se trotzdem aus."

Mit diesem Scherz schloss der Dacapo den Gedankengang ab. Kurz entschlossen schaltete er die Blaulichter wieder aus. Sofort setzten sich die beiden Gestalten in Bewegung und räumten die Straße. Das war das eindeutige Signal für ihn, die Fahrt fortzusetzen. Die Straße war frei und die große, bunte Stadt wartete auf ihn und seinen Fang.

****

Wieder an ihrem Feuer angekommen, sahen sich Jewgeni und Wassili fragend an. Was war ihnen vor wenigen Minuten geschehen? Der seltsame Polizist hatte sie einfach ignoriert. In ihrer Heimat wäre diese Begegnung der Startpunkt einer persönlichen Katastrophe gewesen. Mit hoher Wahrscheinlichkeit hätten sie sich am kommenden Tag in einem Arbeitslager wiedergefunden.

„War das die Faschingspolizei?"

"Was?"

"In Köln soll es so etwas geben, habe ich gehört. Was machen die hier und dann noch vor der Karnevalssaison?"

Wassili konnte sich keinen Reim auf den Ausgang ihres jüngsten Abenteuers machen. Jewgeni freut sich ehrlich über diese Ende der Episode. Der Abend und wohl auch der kommende Tag waren gerettet. Mit behördlichen Widerstand gegen ihre Aktivitäten war nicht mehr zu rechnen.

„Du, hier sind wir wirklich frei. Niemand stört uns, egal was wir tun."

„Ja, du hast recht. Wunderschön ist das hier, keinem Menschen muss man Rechenschaft ablegen und es gibt einfach unendliche Betätigungsmöglichkeiten und alle notwendigen Ressourcen obendrein", schwärmte Wassili.

"Ja und Leute, die einen 'Gefallen' benötigen und bezahlen können in Unmengen."

"Einfach himmlisch..."

Beide fühlten sich in ihrem Entschluss bestärkt, in diesem

Land zu bleiben und hier ihre Dienste anzubieten. Offensichtlich hatte sich ihnen das Märchenland eröffnet.

Ihr Feuer loderte auf. Knisternd fraßen sich die Flammen in die ersten Latten des Holzzaunes und angenehme Wärme breitete sich in der Abendluft aus. Der von den Feldern herüberziehende Dunst kleidete das Lager in einen weißen Mantel und zerstreute das Licht des Feuers sanft. Dabei schien es sich mit dem Geruch des gegrillten Fisches zu mischen: Im Märchenland war alles möglich, wie auch im Dahmeland, dem Auenland der Mark Brandenburg.

Ende - Datum, Ort, Personen, Objekte, Materialien

20. Oktober 2013 18:22 Uhr
Storkow Ortseingang Nord
http://texorello.org/L36

Dacapo
http://texorello.org/P18

Tommy
http://texorello.org/P27

Jewgeni
http://texorello.org/P20

Wassili
http://texorello.org/P19

Miezi
http://texorello.org/E2

Überblauer Einsatzwagen
http://texorello.org/E3

3.3 Bei Stau hilft blau
http://texorello.org/W23C3P1

Reisende, die man aufhält,
verhalten sich unberechenbar.
Herrmann von Huminoll

Für die Rückfahrt wählte der Dacapo die Autobahn. Sein Geschwindigkeitshandicap war ihm dieses Mal egal: Nachdem er endlich den Ausgang aus Storkow gefunden hatte, wollte er nur noch schnell in seine große Stadt zurück. Obwohl er in den ländlichen Weiten der Mark aufgewachsen war, fühlte er sich inzwischen nur noch in dieser einen, bunten Stadt wohl. Die ersten Kilometer auf der Autobahn brachte er ereignislos hinter sich. 'Wenn es so weitergeht, bin ich in wenigen Minuten im BKA-Hauptquartier', träumte er während der Fahrt. Dann würde er sich einen neuen Getränkeautomaten in einem

Anfang - Datum, Ort
20. Oktober 2013 18:42 Uhr
Autobahn A12
http://texorello.org/L31

Personen
Dacapo
http://texorello.org/P18

Tommy
http://texorello.org/P27

Objekte, Materialien
Miezi
http://texorello.org/E2

Überblauer Einsatzwagen
http://texorello.org/E3

Brüllender Wüstenadler
http://texorello.org/E4

der Gänge suchen und so eine Orangenlimonade kaufen... Etwas Action durfte schon dabei sein, schließlich war noch ausreichend Munition in den beiden, verbliebenen Ersatzmagazinen seiner Pistole. Bei solchen Gedanken verging die Zeit auf der Autobahn schneller.

****

In Fahrtrichtung tauchte eine große Anzahl roter Lichter auf.

Sie bewegten sich nicht und waren dicht aneinandergereiht. Die rote Leuchtkette wand sich einen sanften Hügel hinauf, gleich einem riesigen Lindwurm. Das Schwanzende der fabelhaften Echse blinkte hektisch in Gelb. Auf der A12 gab es wieder einmal einen Stau zwischen Storkow und Friedersdorf. Das war hier täglich erlebter Normalzustand. Der Dacapo war in Erwartung der großen, bunten Stadt bis zu diesem Zeitpunkt gut gelaunt gewesen. Er hatte das Wissen zu der täglichen Verkehrsbehinderung an dieser neuralgischen Stelle der Autobahn einfach verdrängt. Während der Fahrt summte er leise für sich die Melodie des Liedes der Tambourette. Die Begegnung mit ihr hatte ihn tief berührt und ihr Lied ging ihm nicht mehr aus dem Sinn. Beim Anblick des leuchtenden Drachens, der vor ihm die Straße versperrte, beugte er sich nach vorn und legte das Kinn auf das Lenkrad. Mit zu schmalen Schlitzen zusammengekniffenen Augen fixierte er das Wesen. Der 'Laserblick' funktionierte offensichtlich nicht. Es verschwand nicht, bewegte sich keinen Millimeter. Dafür entschwand seine positive Grundstimmung. Das Summen hatte er bereits vorher schon unterbrochen.

"Stau an Sonntach Abend, auch dat noch!"

Wütend blickte der Dacapo in den Rückspiegel.

"Wenne nich so dämlich jewesen wärst, mir dat Auto klaun zu wolln, wär ick schon wieda inne Stadt", sprach er Tommy mehr als laut an.

Er versuchte den Motor zu übertönen, der sich gerade anstrengte, die gesamte Bewegungsenergie des schweren Wagens zu vernichten. So sehr das alte Herz des Oldtimers sich auch bemühte, der Dacapo musste mit dem Bremspedal nachhelfen. Natürlich kam das Gefährt laut quietschend am Ende des Staus zum Stillstand. Der Motor hatte nun Zeit, sich im Leerlauf blubbernd von den Anstrengungen der letzten Sekunden zu erholen. Unvermittelt riss der Dacapo die Arme nach oben. Jegliche Vorwärtsbewegung in Richtung seines ersehnten Zieles war gestoppt. Es gab keine Möglichkeit, die Autobahn zu verlassen. Er fühlte sich ohnmächtig, ja gefesselt. Das Erheben der Arme streifte die Fesseln ab, zumindest psychologisch half das ein wenig. Seine Stimmung besserte es nicht, da der Leuchtwurm immer noch reglos vor ihm lag.

"Miezi fass!", war ein weiterer Versuch, die Lage wieder in den Griff zu bekommen.

Das half oft. Leider war es in dieser speziellen Situation nur ein verzweifelter Versuch. Natürlich konnte der kleine Hund in Schlangen, Echsen und sonstiges Getier beißen. Aber leuchtende, fantastische Fabeltiere kannte Miezi nicht. Er interpretierte deshalb den Ausruf auf seine Art und biss zum dritten Mal an diesem Abend in die bereits zerrissene Bauchtasche von Tommys Shirt.

"Weg, hör auf. Was soll das?", war der prompte und laute Protest von der Rückbank.

Tommy fühlte sich zum ersten Mal an diesem Abend ungerecht behandelt. Ja, er hatte das Auto entwenden wollen. Ja, er wurde wegen nicht ganz legaler Tätigkeiten gesucht. Ja, er war auf der Flucht. Aber dieser Stau? Den hatte er nun wirklich nicht verursacht. Es fehlte nur noch, dass der schießwütige Gewaltpolizist seine Dienstwaffe zum Einsatz gegen ihn brachte.

Der leuchtende Lindwurm bewegte sich nicht, nicht ein Stück. Ereignislosigkeit, kombiniert mit Bewegungsunfähigkeit, regte den Dacapo schon immer auf. Nichts wirkte beklemmender auf ihn, als die eigene Handlungsunfähigkeit. Zeigte sie ihm doch seine Unzulänglichkeiten und Machtlücken auf. Im Laufe der Jahre hatte er gelernt, mit solchen Situationen umzugehen. Eine ganz eigene Taktik zur Auflösung von situationalen Verklemmungen war dabei entstanden, einfach und wirkungsvoll: Der massive Einsatz von Blaulicht, Sirene und Dienstwaffe löst jedes Problem und räumt alles beiseite.

Über dem Lenkrad glänzte eine Reihe blanker Kippschalter im roten Licht der Rücklichter. Sie waren noch unter der klappbaren Sonnenblende an der Decke der Kanzel angebracht. Bei ihrem Anblick fühlte er sich ganz als Pilot eines Jagdflugzeuges. Mit einer eleganten Bewegung des Zeigefingers klickte sich der Dacapo durch die Reihe der kleinen, blanken Hebelchen. Eines nach dem anderen wechselte die Stellung. Seine

Augen leuchteten und die Lippen verzogen sich zu einem breiten Lächeln, als rund um seien Wagen ein mediales Inferno losbrach. Nacheinander schalteten sich mehrere Sirenen ein. Ihre auf- und abschwellenden Tonfolgen waren natürlich nicht synchronisiert. Das machte den Dopplereffekt noch imposanter. Leider bewegte sich das Auto augenblicklich nicht. Trotzdem war der erzeugte Lärm gewaltig. Einige Meter weiter musste jeder Anwesende zwangsläufig an eine ganze Kohorte von Polizeiwagen denken. Die Blaulichter, die an allen Kanten und Ecken des überblauen Einsatzfahrzeuges aufflammten, taten ein Übriges. Da waren überall Lichter, Lampen und Rundumleuchten montiert. Sogar im Wageninneren, auf den Kopfstützen der Vordersitze, begannen blaue Lampen zu blinken. Nach wenigen Sekunden konnte er davon ausgehen, dass alle zur Bewegungsunfähigkeit verurteilten Fahrer in diesem Stau ihn wahrgenommen hatten. Jetzt fehlte nur noch die befreiende Rettungsgasse. 'Kaliber Halbzoll' brachte die letzten der entscheidungsunfreudigen Fahrer an den Rand der Fahrbahn. Der Dacapo stieß die Fahrertür auf und sprang auf die Straße. Noch im Sprung, bevor beide Beine den Asphalt berührt hatten, griff er sich über die linke Schulter und zog den gewaltigen, brüllenden Wüstenadler aus dem Rückenholster seines Ledermantels. Die schwere Pistole mit dem zehnzölligen Lauf glänzte im Licht der Frontscheinwerfer hinter ihm stehender Wagen. Der Rest war Routine: Zwei Warnschüsse in die Luft und ein dritter Schuss wurde gezielt auf das vor ihm stehende Auto abgegeben. Blaulicht und Sirene hatten die gesamte Aufmerksamkeit der unfreiwillig Versammelten auf ihn gezogen. Der Gebrauch der Waffe überzeugte sie von seinem Durchsetzungswillen. Wie ein sich öffnender Reißverschluss glitten die Wagen auf beiden Spuren auseinander und bildeten eine extra breite Rettungsgasse. Ein Hummer hätte problemlos durch diese fahren können.

Ein Mann - eine Lösung - vorhersehbar wie immer.

Mit einem zufriedenen "Na jeht doch!" schloss der Dacapo die Fahrertür und ließ den Dienstoldtimer durch die Gasse blubbern. Der große Motorblock von 1970 freute sich, dass nicht nur das Lüfterrad kühle Luft auf den Wärmetauscher fächelte. Ein Fahrgast hatte die Situation und deren Lösung immer noch nicht verstanden: Miezi verharrte noch im Fass- und Fluchtverhinderungsmodus. Während der Fahrer wieder freudig das Lied der Tambourette summte, bellte und knurrte der kleine Hund unentwegt den Gefangenen an. Zur Abwechslung zerrte er ab und zu an den verbliebenen Fetzen von dessen Bauchtasche. Tommy war sich nicht ganz schlüssig darüber, wer die größere Gefahr für ihn darstellte: der Hund oder dessen Geheimpolizist. Nach einer kurzen Überlegung kam er zu der praktisch begründeten Einschätzung, dass der Pekinese ihm gefährlich näher war. Außerdem beschäftige den Dacapo das Steuern des schweren Wagens durch die Rettungsgasse. Die Lenkung eines Oldtimers war nicht ganz so präzise, wie die moderner Wagen. Tommy war schließlich Spezialist für diese Autos. Niemand war in der Nähe, der ihn vor dem pelzigen Raubtier retten wollte. Der Dacapo hätte das schon gekonnt - nur machte er gar keine Anstalten dazu. Tommy ergab sich dem Wahnsinn dieser Fahrt und hoffte nur noch auf ein schnelles Ende. Erschöpft fiel er gegen die Rückenlehne und sank in einen ohnmachtsähnlichen Schlaf.

Wenig später kam der Kopf des leuchtenden Lindwurmes in Sicht. Ein havarierter Lastkraftwagen, beladen mit einer gigantischen Ladung von Pilzen aus den tiefen Wäldern der polnischen Wojewodschaft Lebus, blockierte beide Fahrspuren. Da gab es kein Vorbeikommen. Bei über 50 Kilometern pro Stunde - die breite Rettungsgasse hatte den Dacapo zur fortwährenden Beschleunigung des Dienstwagens verleitet - war ein Bremsversuch aussichtslos. Der schwere Wagen würde mit einer gewaltigen Wucht in die Breitseite des Aufliegers einschlagen, der bis oben mit den Pilzkörben bepackt war. Pilze sind weich, der Unterbau ist jedoch aus Stahl. Dem Dacapo blieb nicht viel Zeit zum Überlegen. Das war so und so nicht sein Ding und wieder nahm die Handlung ihren vorhersehbaren Lauf: Ein kurzes Bremsmanöver, unter Zuhilfenahme der Handbremse, brachte den Wagen quietschend ins Schleudern. Miezi, natürlich wieder nicht angeschnallt, landete an einem der hinteren, dreieckigen Seitenfenster. Der Gefangene wurde unsanft geweckt und sein Gesicht verlor abermals jegliche Farbe. Der Dacapo riss das Lenkrad einmal kurz nach rechts, dann wieder nach links. Dank einer Federung, die für amerikanische Straßenverhältnisse der 70-er Jahre des vergangenen Jahrhunderts konstruiert war, hoppelte der Oldtimer mit leichten Bocksprüngen über das Grasland neben dem schmalen Standstreifen. Nochmals folgte ein energischer Ruck am Lenkrad nach links und das Fahrzeug befand sich wieder auf der Fahrbahn. Die Fliehkräfte verdrängten Miezi gewaltsam von seinem Fensterplatz. Tommys Bauch bremste den Flug des kleinen Hundes durch die Fahrgastzelle abrupt ab: "Uffffz". Dann dachte der Gefangene nur noch, 'Wenn ich wider alle Wahrscheinlichkeit doch im Gefängnis ankomme, gehe ich zuerst zum Seelsorger und trete bei - die Konfession ist mir ganz egal.'

Vorbei! Der Dacapo trat unvermittelt das Gaspedal gegen das Bodenblech, das überblaue Dienstfahrzeug röhrte und dröhnte tief und laut. Der Wagen wippte noch einmal in seiner altertümlichen Federung und der Stau verlor sich im Dunkel der Nacht hinter ihnen. Die Autobahn vor ihnen war komplett leer - paradiesisch.

****

Der Fahrer des havarierten Pilztransporters riss die Augen auf und blickte dem seltsamen Polizeiwagen ungläubig hinterher. Sonst waren in diesem Land alle Behörden so nervig und exakt. Die Beamten in diesem Wagen verhielten sich so, als ob sie aus seiner Heimat wären. Keine zwanzig Minuten später schilderte er das Erlebte der Streife, die zur Aufklärung und Auflösung des Staus erschienen war. Sie befriedigte seine Erwartungshaltung zu 100% und rückte sein Weltbild wieder zurecht. Zuerst notierten die beiden Polizisten jedes seiner Worte und anschließend wurde er zu einem Drogentest abtransportiert. Ordnung musste schließlich sein. Im polizeilichen Unfallbericht war dann die Rede von mehreren Tonnen mit Halluzinogenen verseuchter Pilze und dem aufgedeckten Schmuggelversuch einer gigantischen Ladung von 'magic mushrooms'. Einer der Streifenpolizisten hatte mehrere Körbe der Pilze mitgenommen - natürlich zur exakten Bestimmung des Gehaltes an Halluzinogenen. Da das Labor um diese Uhrzeit bereits geschlossen hatte, führte er dieses Experiment im Selbstversuch aus.

Nach dem Verzehr von etwa zehn Kilogramm mit Zwiebeln angebratener Pilze, stellte sich immer noch kein 'seltsames Gefühl' in seinem Kopf ein. Etwas tiefer dagegen tat sich Absonderliches. Der mutige Experimentator musste in das Krankenhaus gebracht werden. Ihm wurde der Magen ausgepumpt. Zuerst dachte der Notarzt an eine Pilzvergiftung. Auf dem Krankenschein war später jedoch 'Pilzübersättigung' vermerkt worden.

http://texorello.org/M34

Wissenschaftler im Selbstversuch
Achtung! Wissenschaftler im Selbstversuch - bitte nicht stören. Dieses Warnzeichen schützt den Träger vor ungewollten Störungen und verhindert lästige Fragen.

Ende - Datum, Ort, Personen, Objekte, Materialien

20. Oktober 2013 18:51 Uhr
Autobahn A12
http://texorello.org/L31

Dacapo
http://texorello.org/P18

Miezi
http://texorello.org/E2

Tommy
http://texorello.org/P27
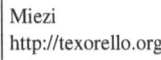

Brüllender Wüstenadler
http://texorello.org/E4

Überblauer Einsatzwagen
http://texorello.org/E3

3.4 Berlin am Abend
http://texorello.org/W23C3P2

> Berlin ist eben keine Stadt,
> sondern ein trauriger Notbehelf,
> Berlin ist ein Konglomerat von Kalamitäten.
> *Frank Wedekind*

Anfang - Datum, Ort
20. Oktober 2013 19:28 Uhr
S-Bahnhof Treptower Park
http://texorello.org/L32

Personen
Dacapo
http://texorello.org/P18

Tommy
http://texorello.org/P27

Objekte, Materialien
Überblauer Einsatzwagen
http://texorello.org/E3

Im Berliner Hauptquartier des Polizeigeheimdienstes war der seltsame überblaue Einsatzwagen bestens bekannt. Fuhr er auf den Hof, war niemand zu sehen. Niemand unter den Beamten wollte Erfahrungen mit der unorthodoxen Fahrweise des Dacapo sammeln. Dass die Lenkung des alten Wagens etwas höhere Toleranzgrenzen hatte, als die der modernen Autos, war noch verständlich. Die entsprechenden Auswirkungen konnte jeder kalkulieren und wenige Zentimeter mehr Abstand halten. Das Fahrverhalten des Dacapo war jedoch komplett unkalkulierbar. Er tat nicht nur was er wollte, auch fuhr er, wie es ihm gerade passte. Gegen das Regelwerk der Straßenverkehrsordnung setzte er erfolgreich Blaulicht, Sirene und Dienstwaffe ein. Sein Verhalten war zwar chaotisch, wegen der sich ständig wiederholenden Grundmuster aber auch komplett vorhersehbar. So war es in all seinen Dienstjahren nie zu einem ernsthaften Problem oder gar Unfall gekommen. Vorsicht war nicht nur die Mutter der Porzellankiste, sondern auch das Fundament des Überlebens - ganz besonders in einem unkontrollierbaren Geheimdienst.

****

Heulende Sirenen näherten sich dem großen Rolltor, das die Außenwelt und die Behörde teilte. Ihre Schallwellen überlagerten sich ständig neu. Es war, als ob sie sich in einem Wettlauf befanden, aber nie wirklich ihr Ziel erreichten. Die Interferenzen zwischen ihnen und der Dopplereffekt, ließen alle Hunde der Umgebung nervös werden und in das Heulen einstimmen. Ein tonaler Tsunami wälzte sich durch die Allee entlang des Treptower Parks. Der Dienstwagen des Dacapo schob diese gewaltige Welle an Tönen vor sich her. Eine Frau verließ den Bahnhof Treptow und versuchte die Straße in Richtung des überdimensionalen Glasturms zu überqueren, der dort seit einigen Jahren das Stadtbild störte. Ihre Kleidung war englisch-konservativ. Von den Schuhen bis zum Hut sah sie der britischen Königin sehr ähnlich. Sie mochte fünfzehn Jahre jünger sein. Haltung und Aussehen waren pures Understatement und zwangen jeden unwillkürlich zu Abstand und Zurückhaltung. Auf der großen Kreuzung war sie jedoch ganz allein. Es gab keine Passanten, die versuchten, ihr auszuweichen. Als sie den Überweg betrat, wurden blaue Lichtblitze auf die von den Straßenlaternen schwach erleuchtete Straße geschleudert. Sie trafen auf den trockenen Asphalt und versickerten dort. Es war, als ob er sie aufsaugen würde: Das blaue Licht wurde bei der Berührung des Straßenbelages dunkler, blasser und verschwand. Die Frau blickte sich vorsichtig und majestätisch-langsam nach der Quelle der blauen Strahlen um. Nicht dass sie ein Ufo oder ähnliches erwartet hätte. An solch seltsame Dinge verschwendete sie keine Gedanken und die Polizei hatte in der Großstadt tägliche, nahezu regelmäßige Auftritte. Blaue Rundumleuchten waren eine normale Erscheinung. Nur dieses Übermaß an unterschiedlichen Blautönen und unklaren Bewegungen war verwirrend anders. Es widersprach der täglichen Erfahrung eines Großstädters mit der Ordnungsmacht. Als die ersten Ausläufer der Welle aus Heultönen sie erreichten, stutzte sie und blieb mitten auf dem Überweg stehen. Dann überrollte sie die Flut der heulenden Laute förmlich. Die Frau stand auf dem Überweg, ohne jegliche Bewegung. So verharrte sie für mehrere Sekunden, bis sich ihre Erstarrung plötzlich löste. Noch war die Quelle der medialen Unruhe nicht auf der Kreuzung erschienen. Trotzdem blickte sie sich hilfesuchend um. Jegliches pseudoroyale Verhalten war von ihr gewichen. Mit einem Male drehte sie sich schnell um und lief zügig den Weg zurück, den sie zuvor vornehm erschritten hatte. Sie drückte sich in das Dunkel des Bahnhofsausganges und beobachtete aufmerksam Straße und Kreuzung. Einer Abdeckung der Kanalisation entströmte ein weißer Nebel. Der Dunst der warmen Abwässer drängte sich durch die schmalen Schlitze des gusseisernen Deckels und blieb als Wolke direkt über dem Bürgersteig stehen. Die blauen Lichtblitze ließen sie wie einen hektisch pulsierenden Wattebausch von menschlicher Größe aussehen.

time is nonlinear
Nein, die Zeit verläuft gar nicht linear. Dennis ist durch einen provozierten Zufall auf eine Möglichkeit zur Bewegung in ihr gestoßen. Nun ist er der timesurfer.

Mit einem Mal überschlugen sich die Ereignisse auf der Kreuzung. Der Ausgangspunkt von Sirenengeheul und Blaublitzen fuhr auf die Kreuzung, ignorierte die Sperrung dieser durch die Ampel und bog nach links ab. Erschrocken hatte sich die Frau noch weiter in die Unterführung am Bahnhofsausgang zurückgezogen und die Ohren zugehalten. Als die bläulich pulsierende Wolke über dem Kanaldeckel von innen heraus in einem weißen, warmen Licht erstrahlte, trat sie noch einen Schritt zurück. Sie genehmigte sich nicht, die Augen zu schließen, obwohl ihr danach war. Aus dem Nebel trat eine leuchtende Gestalt heraus, ganz in Licht gehüllt. 'Oh Gott, ein Engel!', war der einzige Gedanke, zu dem die Frau fähig war. Aus ihren Augen war jegliches Weiß verschwunden, sie schienen nur noch aus Pupillen zu bestehen. Kein Detail und keine Bewegung der Erscheinung entging ihnen. Der leuchtende Engel schritt langsam auf sie zu. Offensichtlich hatte er sie bereits wahrgenommen, obwohl sie sich eng an die Wand drückte. Während der Annäherung des Wesens begann dieses an Leuchtkraft zu verlieren. Als ob sie gedimmt und dann ausgeschaltet wurde, erlosch die warme, weiße Lichthülle mit einem leisen Knistern. Dieses war deutlich in dem Gang der Unterführung zu hören. Dort, wo gerade noch ein leuchtender Engel gewesen war, erschien ein junger Mann, der eine eigenartige Rüstung trug. Sie bestand aus kleinen, schwarzen und glänzenden Platten, die offensichtlich auf einen robusten Stoff genäht waren. Die Frau hatte schon einmal etwas Ähnliches in einem Museum gesehen. Lebensgroße Puppen chinesischer Krieger erschienen ihr in Gedanken. Sie trugen Rüstungen aus Leder, die mit Stücken mehrfach gefalteten Papiers bedeckt waren. Im Museum war dies gelblich, bräunlich gewesen. Diese Rüstung war tief schwarz. Dort, wo vor wenigen Sekunden noch Licht abgestrahlt wurde, verlor sich nun jegliches Photon ohne eine Chance auf Rückkehr. Die Augen des Mannes waren hinter einer dunklen Brille verborgen. An den unteren Rändern der Brillengläser flackerten und glühten deutlich sichtbar Zahlenfolgen. Die Handgelenke waren in breite Messingmanschetten gehüllt, die ebenfalls leuchtende Anzeigen trugen. Über sie huschten unablässig Schriften.

"Guten Abend", sprach die Erscheinung leise und freundlich.

Die Frau gab keine Antwort. Mit weit aufgerissenen Augen beobachtete sie noch immer alle Bewegungen. Sie atmete schwer und lehnte sich gegen die Wand.

"Können sie mir vielleicht den Weg zum Bundeskriminalamt zeigen?", fragte der Mann, nachdem er keine Antwort auf seinen Gruß mehr erwartete.

Die Frau hob mechanisch ihren linken Arm. Mit dem rechten stützte sie sich gegen die Wand der Unterführung. Ihre ausgestreckte Hand deutete in die Richtung, in der kurz zuvor das blau leuchtende Auto verschwunden war. Sie vermied es weiterhin, zu sprechen.

"Vielen Dank für ihre Hilfe", antwortete er und wandte sich um. Er schien es gewohnt zu sein, Verwirrung zu erzeugen.

Der in die schwarze, glänzende Rüstung gekleidete Mann nutzte die Grünphase der Fußgängerampel. Er überquerte die Straße in der ihm gewiesenen Richtung. Die weichen Sohlen der engen, schwarzen Stiefel hinterließen keinen Laut: Der Engel entschwebte.

Ende - Datum, Ort, Personen

20. Oktober 2013 19:35 Uhr
S-Bahnhof Treptower Park
http://texorello.org/L32

Tommy
http://texorello.org/P27

Dacapo
http://texorello.org/P18

timesurfer
http://texorello.org/P31

3.5 Wer kann der kann
http://texorello.org/W23C3P4

Blinde Hühner finden manchmal Körner,
der Hühnerschreck bekommt sie alle, die Hühner.
Volksweisheit aus der Prignitz

Früher war Heinz nur ein Hühnerschreck, inzwischen war er zum Dacapo und einem ausgewachsenen Bürgerschreck geworden. Er hatte zwei ständige Begleiter: Miezi und das Chaos. Auch Superhelden fangen klein an.

Der Dacapo schleuderte über die Kreuzung. Wie immer fuhr er viel zu schnell für die Verkehrssituation. Eigentlich war er die personifizierte Gefahrensituation. Blaue Lichtbündel versprühend, bog er mit quietschenden Reifen an der nächsten Kreuzung nach rechts ab.

Anfang - Datum, Ort
20. Oktober 2013 19:38 Uhr
BKA-Berlin
http://texorello.org/L20

Personen
Dacapo
http://texorello.org/P18

Tommy
http://texorello.org/P27

Objekte, Materialien
Miezi
http://texorello.org/E2

Überblauer Einsatzwagen
http://texorello.org/E3

Er rutschte, mehr als dass er fuhr, in eine Einbahnstraße hinein. Wie nicht anders zu erwarten war, natürlich entgegen der zugelassenen Fahrtrichtung. Da der Sonntagabend schon etwas fortgeschrittener war, bestand nur ein geringes Gefährdungspotenzial für andere Verkehrsteilnehmer - es waren einfach keine anwesend. In der Einbahnstraße gelang es dem Dacapo nicht, das Fahrzeug sofort wieder unter seine Kontrolle zu bringen. Es drehte sich einmal um sich selbst und kam neben einer Litfaßsäule zum Stehen. Die Räder radierten über den Straßenbelag und hinterließen breite, hässliche und schwarze

Streifen. Miezi, der kleine Pekinese, war der rabiaten Fahrweise heute Abend überdrüssig. Er hatte sich beim Erreichen der Stadt in den Fußraum vor der Rückbank gelegt. Damit entging er der Gefahr, schon wieder von innen an eines der Fenster geschleudert zu werden. Der mit einer Kette gefesselte Gefangene hatte nicht so ein Glück. Tommy saß auf der Rückbank und schlug mit dem Kopf hart gegen das Glas eines Fensters.

"Auuuu...", kam als deutliche Lautäußerung aus dem Fond. Als leiser Zusatz folgte: "... jetzt muss ich mich übergeben, glaube ich."

"Du weeßt, wat passiert!", antworte der Dacapo sofort.

Tommy saß unglücklich auf der Rückbank. Er war kalkweiß, jeglicher Rest Farbe hatte längst sein Gesicht verlassen und er zitterte vor Angst und Anspannung. Die Kette, die seine Hände verband, hinderte ihn, sein Gesicht zu verdecken und leise zu weinen. Die letzte Stunde ihrer Fahrt war eine einzige, unzumutbare Folter gewesen. Während dieser waren alle Ideen an eine Flucht und einen guten Ausgang der Geschichte aus ihm herausgeschüttelt worden. In jeder Kurve hatte er geglaubt, das Ende seines Lebens erreicht zu haben.

"Sehn' wa mal, wer schneller mit det Tor is. Die Wache oder ick...", sprach der Dacapo ungerührt weiter.

Er nahm den Fuß von der Bremse und trat im nächsten Augenblick das Gaspedal bis zum Bodenblech durch. Der Motor dröhnte tief und gewaltig, die Hinterräder drehten durch und der Wagen driftete vom Bürgersteig auf die Straße zurück. Dabei riss er eine Papiertonne um, die dort aus unerfindlichen Gründen abgestellt war. Ein Schwall alter Werbeflyer ergoss sich über den Weg. Der Zusteller für Werbezeitungen hatte sich seine Arbeit etwas einfacher gemacht und alles in diese Tonne gestopft: Fertig! Außerdem war die Umwelt auch noch geschont worden, schließlich war die Entsorgung sachgerecht gewesen. Nun wurden die bunten Papiere doch noch in die Freiheit entlassen. Trotzdem wird sie niemand lesen. Die durchdrehenden Hinterräder des überblauen Einsatzwagens erfassten eine große Menge der Blätter und wirbelten sie auf. Hinter dem Wagen war die Luft mit einem

Male von herumfliegenden Papierstücken erfüllt.

Einige Meter weiter, hinter dem großen Rolltor, waren die Anzeichen der Annäherung bereits wahrgenommen worden. Es war schwerlich möglich, diesen zu entgehen. Zuerst rief die Wache den Hausmeister an, um ihn zu retten. Er reparierte zu diesem Zeitpunkt die Abdeckung eines Kellerschachtes. Die Wache teilte ihm mit, dass er besser die Reparatur unterbrechen sollte. Seine Kellerwerkstatt würde ihm in die nächsten zwanzig Minuten das Überleben sichern.

"Was soll denn das? Ich habe für Späße keine Zeit", entrüstete sich der Handwerker.

"Mach hin! Der Dacapo kehrt heim."

"O.k., bin weg", war die knappe Antwort, nach der sofort die Verbindung unterbrochen wurde.

Die Einfahrt durch das hell erleuchtete Tor meisterte der Dacapo abermals mithilfe der Handbremse. Das gerade noch rechtzeitig geöffnete Rolltor gab die Einfahrt frei. Die letzten Zentimeter der Stahlkonstruktion glitten zur Seite. In den verspiegelten Scheiben des Wachgebäudes blitzen die blauen Lichter ein letztes Mal auf, bevor der Dacapo sie abschaltet: Er war endlich zu Hause angekommen.

Bei der langsamen Fahrt in den Innenhof der ehemaligen Kaserne, wiegte sich der schwere Wagen quietschend in seiner Federung. Alle Wege waren leer und die meisten Fenster in den Gebäuden dunkel. Niemand war zu sehen. Keine Besonderheit an einem Sonntagabend in einer Behörde, auch wenn es sich um einen Geheimdienst handelte. Mit einem letzten Blubbern und Zischen erstarb der Motor.

"Miezi, du bewachst den Jefangnen. Ick such 'ne freie Zelle."

Damit stieg der Dacapo aus und sprang mit langen Sprüngen über den Hof in eines der Gebäude hinein. Offensichtlich konnte er sich gar nicht langsam bewegen. Tommy und der kleine Hund blieben allein im Wagen zurück. Flucht? Daran getraute sich der Gefangene nicht zu denken. Zu schrecklich waren die Erlebnisse diesen Abends gewesen. Mit der Ankunft in der Behörde und der beruhigenden Aussicht auf ein Gefängnisbett, kam Tommy langsam in die Wirklichkeit zurück. Er gab seinem Überleben wieder eine Chance. Das Erstaunlichste war, er schien sich nicht mehr fürchten zu müssen. Tommy ließ sich gegen die Rückenlehne fallen, ignorierte das Knurren von Miezi und schlief zufrieden ein. Ein Meer aus Ruhe fing ihn auf und Wellen der Geborgenheit wiegten ihn angenehm. Ein Mensch konnte mit so wenig zufrieden sein.

All das fand schnell ein Ende. Die Fahrertür wurde krachend aufgerissen und der Sitz nach vorn geklappt. Tommy erwachte abrupt auf der Rückbank und versuchte sich zu bewegen. Die Handschellen und die lange Kette, die diese mit der Decke der Kanzel verband, behinderten ihn dabei. Er versuchte zu erkennen, wo er war und sich zu erinnern, wie er an diesen seltsamen Ort gekommen war. Noch bevor sein Hirn die richtigen Verbindungen zusammenstöpseln konnte, wurde er an der Kette aus dem Wagen gezogen. Der Dacapo zerrte an dem Ende und Tommy hing mit seinen Handschellen am anderen.

"Träum nich, ick hab kene Zeit."

"Was ist - wo bin - soll?"

Tommys Augen waren geweitet und in ihnen waren viele Fragezeichen zu sehen. Sein Verstand hatte die Ereignisse der letzten Stunden bereits verdrängt - leider nicht ganz erfolgreich. Die Erinnerung kam mit einem Schlag zurück, zuerst wurde ihm seine Verhaftung und der missglückte Versuch, einen 'deal' zu verhandeln, bewusst. Er durchlebte noch einmal die Enttäuschung über den entgangenen Bonus für die Beschaffung von besonders vielen Oldtimern.

"Och, mein schöner Bonus. Muss das sein? Können wir nicht doch einen 'deal' machen?"

Der Dacapo hörte auf, an der Kette zu zerren. Was wollte der Gefangene von ihm? Erst nach einigen Sekunden erinnerte er sich ebenfalls an die Szene vor dem ausgebrannten Haus.

"Hrrr, ick dachte, dat war jeklärt! Ick bin echt nich aus de Flimmerkiste!", war seine deutliche Antwort. Er betonte die Worte des zweiten Satzes übertrieben und ließ jedes davon für sich selbst stehen.

"Schade", antwortete Tommy leise, dem nun auch die Erinnerungen an die weiteren Geschehnisse wieder bewusst wurden.

"So, weil de mir so nervst, darfste jetz alle braunen Plasteschnipsel ausm Wagen holen. Mit'te Hand natürlich."

Der Dacapo war wieder in seinem Element. Herumzickende, gefangene Verbrecher konnte er gar nicht leiden. Er schob Tommy wieder auf die Rückbank und schloss die Kette an dem Metallring an der Decke des Innenraumes an. Tommy sah sich betrübt um und begann die ersten, der vielen kleinen Plastikteilchen einzusammeln, die Miezi aus dem Magnetband der Musikkassette gefertigt hatte. Der kleine Hund saß vor der offenen Tür des Wagens und knurrte Tommy jedes Mal an, wenn dieser länger als drei Sekunden keinen neuen Schnipsel gesammelt hatte.

Nach nicht einmal zehn Minuten wurde der Polizist unruhig. Fortdauernde Tätigkeiten waren nichts für ihn. In denen war keine Action enthalten. Er unterbrach die Suche nach den Teilchen, indem er das kleine Schloss wieder von der Kette entfernte.

"So, jetz hab ick wirklich Durscht. Kannst de morjen weiter machen."

Damit zog er Tommy abermals aus dem Auto und brachte ihn in seine Zelle.

****

Der Dacapo war mit dem Ausgang des Tages zufrieden. Irgendwie war es ihm wieder einmal gelungen, eine gute Tat zu vollbringen und eine sinnvolle Arbeit zu verrichten. Das konnte heute nicht jeder Mitbürger in sein Tagebuch schreiben. Arbeit machte durstig und außerdem wollte er sich selbst belohnen - mit einer Orangenlimonade. Seit seiner Obsession für den Maler hatte es ihm diese Farbe angetan. Auf der Suche nach einem Getränkeautomaten wanderte er durch die Gänge der Behörde. Leider stand der Automat seiner Wahl nicht mehr zur Verfügung, war er doch am Morgen einem bedauerlichen Unfall zum Opfer gefallen. Als er den Gang der Abteilung SO - 'Schwere und organisierte Kriminalität' - durchwanderte, kam er an einem der wenigen Büros vorbei, in denen auch am Sonntagabend Licht brannte. Offensichtlich gab es hier Gründe für Überstunden. Durch die offene Tür fiel das Licht in Form eines Trapezes auf den Boden des Ganges. Der Dacapo streckte eine Hand aus dem Dunkel in das Licht und probierte einige Schattenfiguren auf dem Boden zu erzeugen. Mehr als ein Hund mit einer schiefen Schnauze kam jedoch nie zustande. Die im Raum der Lichtquelle sitzenden Beamten waren auf die Theatervorstellung aufmerksam geworden.

"Heinz, bist du's?"

Zur Bestätigung zog der Dacapo den brüllenden Wüstenadler, seine Dienstwaffe, aus dem Rückenholster des langen, schwarzen Ledermantels und hielt sie in das Licht. Die gewaltige Pistole warf einen gigantischen Schatten. Der auf zehn Zoll verlängerte Lauf trug erheblich zu dem mächtigen Auftritt bei. Die Kollegen kannten die Waffe und wussten um ihre Unbedenklichkeit.

"Na Heinz, hast du die 'Transni-Bombe' gefunden und entschärft?", verließ eine von leichtem Kichern begleitete Frage das Innere des Raumes.

Der Dacapo stellte sich breitbeinig mitten in die Tür und lächelte traurig.

"Nö, is alles wech, komplett leer. Hat jebrannt."

"Da warst du ja wenigstens an der frischen Luft."

Der traurige Blick des Dacapo wanderte von einem seiner Kollegen zu dem anderen und wieder zurück.

"Jo und wisst da, wo man de Vabrecha fängt?"

Brüllender Wüstenadler
Der brüllende Wüstenadler ist ein mächtiges Schießeisen ... im wahrsten Sinne des Wortes. Der Dacapo trägt es ständig mit sich herum und es ärgert ihn, wenn er es nicht mindestens einmal am ...

http://texorello.org/M42

"Hä?"

"Na anne frische Luft. Ihr sitzt im Mief und ick hab eure Kriminellen einjesammelt."

"Hä?"

"Der is jetzt in Zelle fufzehn", damit zeigte er auf eines der Fahndungsplakate. Auf diesem war ein erschrockener Tommy zu sehen, der in das Blitzlicht eines Passbildautomaten blinzelte.

"Wie jetzt, den Knopfke hast du gefangen?"

"Jo."

"Warum immer du? Wir machen die Arbeit und dir laufen alle Fänge zu."

Jetzt zufrieden lächelnd, drehte der Dacapo sich um und verließ das Zimmer. Ein erfolgreicher Tag neigte sich in der Geheimdienstbehörde seinem Ende entgegen. Als krönender Abschluss fehlte einzig und allein eine kühle Orangenlimonade.

Ende - Datum, Ort, Personen, Objekte, Materialien

20. Oktober 2013 21:25 Uhr
BKA-Berlin
http://texorello.org/L20

Miezi
http://texorello.org/E2

Brüllender Wüstenadler
http://texorello.org/E4

Dacapo
http://texorello.org/P18

Überblauer Einsatzwagen
http://texorello.org/E3

3.6 Der springende Endpunkt
http://texorello.org/W23C3P5

> Denke immer an das Ende,
> da die verlorene Zeit nicht zurückkehrt.
>
> *Thomas von Kempen*

Anfang - Datum, Ort
20. Oktober 2013 21:33 Uhr
BKA-Berlin
http://texorello.org/L20

Personen
Dacapo
http://texorello.org/P18

Objekte, Materialien
Brüllender Wüstenadler
http://texorello.org/E4

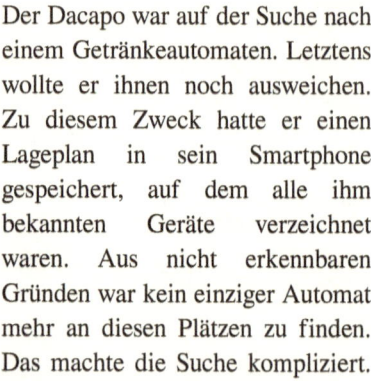

Der Dacapo war auf der Suche nach einem Getränkeautomaten. Letztens wollte er ihnen noch ausweichen. Zu diesem Zweck hatte er einen Lageplan in sein Smartphone gespeichert, auf dem alle ihm bekannten Geräte verzeichnet waren. Aus nicht erkennbaren Gründen war kein einziger Automat mehr an diesen Plätzen zu finden. Das machte die Suche kompliziert.

Er musste systematisch alle Gänge in der ehemaligen Kaserne ablaufen, was schließlich zum Erfolg führte. Aus der Mitte des langen, dunklen Flures, den er im zweiten Gebäude betrat, leuchtete ihm verheißungsvoll das bekannte Bild mit den großen Tropfen der braunen Koffeinbrause entgegen. Endlich! Mit schnellen Schritten strebte er seinem Ziel entgegen. Plötzlich, noch etwas mehr als zehn Meter von dem Automaten entfernt, stoppte er abrupt. Das eine Bein erhoben, stand er wie ein Storch auf einer Wiese auf den blank geputzten Bodenplatten. Er sah nach unten, betrachtete sein blasses, verschwommenes Spiegelbild unter sich und sinnierte. Ein Gedanke hatte ihn angehalten: Was, wenn der Getränkeautomat sich widersetzte? Er hatte heute bereits den Reinigungsstab seiner Pistole verloren, als er versuchte, damit eine dieser Maschinen zu reparieren. Mit einem Mal war ihm die Ursache des vormittäglichen Missgeschicks klar:

Mit einem Reinigungsstab kann man nicht die Staatsgewalt durchsetzen. Zu diesem Zweck hatte er seine Dienstwaffe. Ein Gedanke, der ihn erwärmte. Immer noch auf einem Bein stehend, griff er sich mit der rechten Hand über die linke Schulter und zog die gewaltige Pistole, den brüllenden Wüstenadler, aus dem Rückenholster. Er hatte diese Tasche, gleich einem Rucksack, in den schweren, langen Ledermantel einarbeiten lassen. Eine so gewaltige und gewichtige Waffe konnte man nicht am Gürtel oder unter dem Arm tragen. Mit einer spielerischen Leichtigkeit, die viel Übung erahnen ließ, brachte er die beeindruckende Pistole in Schussposition. Er setzte vorsichtig den erhobenen Fuß auf den Boden und schritt entschlossen auf den Getränkeautomaten zu. 'Du wehrst dich nicht! Du weigerst dich nicht! Du gibst mir klaglos die überteuerte Orangenlimonade!', war der optimistische Gedankengang des Dacapo.

Dann geschah etwas Unvorhersehbares. Es war so einzigartig und faszinierend, dass der Dacapo sogar seine geliebte Dienstwaffe sinken ließ. Er erstarrte abermals mitten in der Bewegung und blickte mit geweiteten Augen auf ein Licht, dass plötzlich neben dem Getränkeautomaten entstand. Das warme, helle Leuchten kam aus dem Nichts. Die Luft des Ganges begann sich mit einem Mal aufzuhellen. Kurz darauf erschien, mit einem leisen Knistern und Zischen, eine ovale Leuchtblase. Sie war mannshoch und sah aus, wie ein auf der Spitze stehendes, riesiges Ei. Der Dacapo hielt die Luft an. Das plötzliche Erscheinen aus dem Nichts hatte ihn vollständig aus dem Plan gebracht und alle seine Handlungen unterbrochen. Kurz zuvor war an dieser Stelle für ihn noch freie Sicht bis zur Tür am weit entfernten Ende des Ganges gewesen. Er traute sich nicht zu atmen und auch nicht zu blinzeln. Sein Körper war in einem maximalen Spannungszustand und er wollte alle Veränderungen wahrnehmen, die auch prompt kamen. Das einheitliche, undifferenzierte Leuchten der Erscheinung änderte sich. Eine Leuchtband in Form einer Spirale entstand am Scheitelpunkt des Gebildes. Es wand sich wie eine Schraube von oben nach unten um es herum und begann sich zu drehen. Die Rotationen wurden immer schneller, bis das Licht mit einem leisen Knistern plötzlich vollständig verschwand. Zuerst konnte der Dacapo in der wieder eingetretenen Dunkelheit gar nichts mehr erkennen. Nachdem seine Augen sich an die schwache Notbeleuchtung des Ganges gewöhnt hatten, sah er einen Mann neben dem Automaten stehen.

time is nonlinear
Nein, die Zeit verläuft gar nicht linear. Dennis ist durch einen provozierten Zufall auf eine Möglichkeit zur Bewegung in ihr gestoßen. Nun ist er der timesurfer.

Genau dort, wo noch vor einem Augenblick die Lichterscheinung schwebte, lehnte jetzt ein Fremder bequem an dem Getränkespender. Dem Dacapo war sofort klar, dass dies kein Beamter sein konnte. Die erschienen nie auf solch eine Art und Weise. Mit einer Hand sich an dem Automaten abstützend, lächelte ihn der Besucher freundlich an. Da war keine Scheu, keine Verlegenheit, keine Angst in seinem Gesicht zu erkennen. Nur die Augen konnte der Dacapo nicht sehen. Diese waren hinter einer breiten, dunklen Brille verborgen. An ihrem unteren Rand glaubte er leuchtende Zeichen zu erkennen. Sein Gegenüber war in einen engen, schwarzen Anzug gehüllt, der komplett mit kleinen Kacheln bedeckt war. An der Stelle, wo zuvor Licht abgestrahlt wurde, verschluckten diese Kacheln jetzt jegliche Helligkeit. Sie schienen jedes Photon gierig aufzusaugen, das auf sie traf. Keinerlei Reflexionen, komplett schwarz, das tiefste Schwarz, welches er jemals gesehen hatte. Einzig und allein um die Handgelenke trug er breite Messingringe. Auf diesen waren Anzeigen befestigt, die bunt flimmerten und offensichtlich viele unterschiedliche Daten anzeigten.

Nach einer Schreckminute kam der Dacapo wieder zu sich, hob seine Pistole erneut und brachte sie in Schussposition. Er sprach den Fremden an und vor Aufregung vergaß er seinen tarnenden Dialekt.

"Ausweisen, aber schnell!"

"Glaubst du, ich besitze einen Ausweis?", war die spöttische Antwort.

"Nein, eigentlich glaube ich das nicht", sagte der Dacapo nach kurzer Überlegung vorsichtig und leise.

Der schwarz gekleidete Fremde durchbrach die situationelle Verlegenheit, die sich gerade begann zwischen ihnen auszubreiten. Er ging unbefangen auf den Dacapo zu.

"Den Schießprügel kannst du einstecken, ich bin Pazifist - also aus Prinzip unbewaffnet."

Der gewaltige Polizist beförderte wirklich die Waffe in das Rückenholster zurück und ging ebenfalls auf den Getränkeautomaten und den Besucher zu.

"Ein Heinz Fass hat mich hierher bestellt. Kennst du ihn?"

Den Kopf auf die Seite gelegt, betrachtete er den Fragenden. Was wollte dieser von ihm? Er kannte ihn nicht und konnte ihn auch nicht hierher beordert haben. Daran würde er sich erinnern können.

"Schon möglich. Was willst du denn von ihm?"

Das Lächeln des Fremden wurde breiter.

"Ah, du bist es selbst! Nun, du wirst in der Zukunft mit einigen Leuten sprechen und ihnen mitteilen, dass ich dich hier treffen soll. Es geht um ein Mädchen aus der fernen Vergangenheit, dem ich vielleicht helfen kann."

"Wenn ich in der Zukunft Gespräche führe, wie kann ich dann in die Vergangenheit einladen?", sprudelte der Dacapo seinen Gedankengang heraus. Mit einem Mal schlug er sich abrupt mit der flachen, rechten Hand gegen die Stirn. Das Klatschen hallte den Gang hinunter.

"Halt, das gibt es nicht...", ihm kam eine Idee, wen er da vor sich hatte. "Du bist der Zeitreisende!" Mit Blicken sezierte er den seltsamen Besucher eindringlich von oben bis unten und fügte nach einer kurzen Pause hinzu: "Ich glaube, wir haben viel zu besprechen."

Dann trat er an den Getränkeautomaten heran, warf alle Münzen hinein, die er in seinen Hosentaschen finden konnte und förderte zwei Dosen mit Orangenlimonade aus dem Gerät. Zur Abwechslung weigerte es sich dieses Mal nicht. Eine der Dosen reichte er dem Besucher und forderte ihn mit einer Handbewegung auf, sich auf den Boden zu setzen. Sie platzierten sich gegenüber der schwach leuchtenden Maschine, vor der Wand.

"Ich spreche also in der Zukunft mit Leuten, die dich kennen und heute zu mir senden."

"Ja, so ähnlich. Sie haben mir von deinem Wunsch erzählt. Ich habe dann herausgefunden, wo ich dich treffen kann und einen Sonntagabend ausgesucht, an dem es hier so richtig leer ist. Deine Anwesenheit im Amt ist nun wirklich nicht zu überhören. Den Rest kennst du", sprach der Gast weiterhin lächelnd.

"Und wie bist du in die Behörde gekommen? Die Wache hat dich doch bestimmt nicht hineingelassen."

"Diese Gebäude waren nicht immer bewohnt. Da gab es vor ein paar Jahren einen kurzen Zeitraum, in dem standen sie leer."

"Ja und? Wartest du seit dieser Zeit hier auf mich?"

"So in etwa: Ich bin in diese Zeit gesprungen, hier hinein gegangen und dann wieder in die aktuelle Zeit zurückgekommen."

"Ich denke einmal, du hast das mit deinem Anzug bewerkstelligt. Kann ich auch so einen bekommen?", versuchte es der Dacapo mit einem leicht bettelnden Unterton.

"Nein, du kannst dir sicherlich vorstellen, dass ich Vorkehrungen getroffen habe, dass meine Entdeckung nicht in die Hände von Warlords oder Behörden gerät. Das wäre viel zu gefährlich. Du weißt doch: Macht korrumpiert, immer und ohne Ausnahme."

Der Dacapo legte wieder den Kopf zur Seite und sah den Zeitreisenden interessiert an. Dieser schien seine ganz eigene Meinung zu Autoritäten und Machtgruppierungen entwickelt zu haben. Es wurde ihm bewusst, dass sein Gegenüber bei den Reisen durch die Zeit sehr viel mehr Wahrheiten gesehen haben musste, als ihm selbst bisher vergönnt war. Wahrscheinlich hatte er recht.

"Jetzt erzähle einmal von dem kleinen Mädchen und dem Auftrag", lenkte der Gast das Gespräch auf ein anderes Thema. Dem Dacapo war das ganz recht. Hatte er doch einen erfolgreichen Tag hinter sich gebracht und eine weitere, gute Tat würde dem noch eine Krone aufsetzen. So berichtete der Dacapo von seinem Besuch in Storkow, der märkischen Kleinstadt am Rande des mystischen Dahmelandes und seiner Begegnung mit der Tambourette.

Macht korrumpiert
Macht korrumpiert, immer, ausnahmslos. Wer ehrlich und fair durch das Leben gehen möchte, hält sich von jeglicher Macht fern.

http://texorello.org/M4

"Und du glaubst, sie springt wie ich durch die Zeit?"

"Ja, nur nicht absichtlich und sie kommt irgendwie nicht wieder in ihre ursprüngliche Zeit zurück. Ich glaube, sie vermisst ihre Eltern sehr."

"Das ist traurig. Ich werde die Tambourette suchen. Vielleicht kann ich sie zurückbefördern. Kannst du noch einmal das seltsame Lied wiederholen, das sie gesungen hat?"

"Nun, an die ersten beiden Strophen erinnere ich mich noch", sagte der Dacapo und rezitierte langsam und mit geschlossenen Augen:

> Ich arme Tambourette,
> Man führte mich aus der Zeiten Gewölbe,
> Wäre ich beim Tambour geblieben,
> Dürfte ich nicht gefangen liegen.
>
> Oh Himmelsdom, du hohes Haus,
> Du siehst so furchtbar aus,

Ich schaue dich nicht mehr an,
Weil ich weiß ich gehöre nicht hieran.

Der Auftrag war übermittelt und die Dosen waren geleert. Beide warfen diese zeitgleich in den Abfalleimer, der neben dem Getränkeautomaten stand. Als sie klickernd auf dem Boden des Gefäßes zusammentrafen, lachten die beiden Männer und erhoben sich.

Der Tag des Beils
Weihnachten, Jahreswechsel, Lichterfest ohne Drohnen - das geht gar nicht. Ohne modernste Technik sind Festivitäten jeglicher Art nur noch 'historischer Klamauk'. Wer heute keine Kerzen an den Wei...

http://texorello.org/M38

"Übrigens kennen wir uns bereits. Du hast einmal in meiner Wohnung aufgeräumt", sagte der Zeitreisende beim Weggehen. Er hatte sich noch einmal zum Dacapo umgedreht.

"Habe ich das?", fragte dieser ungläubig und betrachtete den Gegenüber intensiv, um eventuelle Anzeichen für Ironie auszumachen.

Aufräumen war eine der vielen Tätigkeiten, die ihm gar nicht lagen. Das bekam er nicht einmal in seiner eigenen Wohnung zustande. Da sollte er das in einer fremden Wohnung erfolgreich bewerkstelligt haben?

"Wegen der Laubgebläse, die ich simuliert hatte."

Der Dacapo erinnerte sich schwach an den Abend. War an diesem nicht Miezi in seiner Manteltasche aufgetaucht?

"Du warst das damals? Hast du mir die bellende Katze untergeschoben?"

Ende - Datum, Ort, Personen, Objekte, Materialien

20. Oktober 2013 21:59 Uhr **BKA-Berlin** **http://texorello.org/L20**		Dacapo http://texorello.org/P18	
timesurfer http://texorello.org/P31		Brüllender Wüstenadler http://texorello.org/E4	

Von einem, der auszog, das Fürchten zu lehren

⊕ **4** ⊕

Betriebsanleitung

Ja, geht's noch?
Friedrich Krüger

Eine Betriebsanleitung für ein Buch? Was soll das denn sein? Wer lesen kann, der kann lesen PUNKT... oder?

Warum denn nicht: Neulich habe ich eine neue 'Sitzgarnitur' kaufen dürfen. Die vorhergehende hat sich in ihrer Bestandteile aufgelöst - natürlich pünktlich nach Ablauf der Garantie. Der 'Weichmacher' suchte sich seinen Weg aus Polster und Kunstleder in die himmlischen Weiten. Wahrscheinlich ist er auch in mich eingedrungen. Etwas weicher fühle ich mich schon an. Hier scheint Nietzsche mit 'Was mich nicht umbringt, macht mich stärker.' offensichtlich nicht Recht zu haben - auf jeden Fall bin ich nicht härter, sondern weicher geworden. Die Sitze waren am Ende auf jeden Fall härter, als vor Beginn der schleichenden Wanderung der Inhaltsstoffe. Mit den neuen Sitzmöbeln wurde mir eine Bedienungsanleitung überreicht: 'Betriebsanleitung für das Polstermöbelprogramm'. Meine erste Reaktion war: 'Das ist ein Druckfehler.'. Sitzen ist schließlich eine der ersten Fähigkeiten, die ich bereits als Kleinkind erworben habe. Seit dem übe ich mich täglich im Sitzen. Ich halte mich für einen erfahrenen, ja professionellen Sitzer. Aufrecht sitzen, das kann ich gut. Entsprechendes Stehen überlasse ich anderen, insbesondere meinen Mitbürgern mit Sendungsbewusstsein.

Das Buch - ist das wirklich ein Buch? Schließlich wohl - es besteht aus vielen Seiten bedruckten Papiers (bei Verwendung eines Lesegerätes ist der rechte Daumen häufig zu nutzen, um das Ende zu erreichen). Klären wir das einfach anhand der Fakten:

Ist dies ein Roman?

- Eine Handlung ist vorhanden. Die Lektüre wird Sie nicht langweilen.

Hat das Buch einen 'roten Faden'?

- Ja, es gibt ein gemeinsames Thema und damit den 'roten Faden'.
- Aber: es gibt mehrere Handlungsstränge, die sich im Buch kreuzen.
- Das Buch besteht aus vielen Szenen. Einzelne Szenen können auch Teil anderer Bücher sein.
- Dieses Buch ist auch ein Szenenroman und/oder eine Szenensammlung.

Was ist interaktive Literatur?

- Sie wählen den Fortgang der Geschichte!
- Am Ende jeder Szene entscheiden Sie, wie Sie Ihre literarische Reise fortsetzen möchten. Entweder blättern Sie einfach um, oder Sie wählen eine der Alternativen, oder Sie schreiben selbst eine Fortsetzung.
- Sie können die Geschichten/Geschehnisse auf unterschiedlichen Wegen neu entdecken.
- Falls der gewünschte Weg Sie aus diesem Buch herausführt, klicken Sie auf den Link oder geben Sie das Kürzel auf 'http://texorello.org' in das Suchfeld ein.
- Sie können auch Ihr Smartphone nutzen und die Barcodes mit einer Barcodescanner-App fotografieren. Sie werden dann von ganz allein zu weiteren Seiten, Beschreibungen und Informationen geleitet.

Eine vernetzte Welt benötigt vernetzte Literatur. Lassen Sie sich einfach überraschen. Auf der nächsten Seite geht es los und am Ende entscheiden Sie selbst.

****

Abschließend noch ein 'Disclaimer': Ähnlichkeiten mit real existierenden Personen lassen sich nicht immer vermeiden. Die Namen jedoch sind frei erfunden. Liest hier jemand seinen Namen, so ist dies ganz und gar unbeabsichtigt. Da Ort, Zeit, Geschehen und Namen nicht gleichzeitig in Deckung mit lebenden Personen gebracht werden können, wird hier niemand direkt angesprochen.

****

Zum Geleit noch ein Zitat von Kurt Tucholsky:

> *Übertreibt die Satire? Die Satire muss übertreiben und ist ihrem tiefsten Wesen nach ungerecht. Sie bläst die Wahrheit auf, damit sie deutlicher wird, und sie kann gar nicht anders arbeiten als nach dem Bibelwort: Es leiden die Gerechten mit den Ungerechten.*

Er lebte in einer anderen Zeit? Nun, die Autos sind heute schneller als zu Tucholskys Zeiten, aber das Land ist noch immer so, wie er es damals beschrieben hat.

political correctness
'political correctness' ist der Anfang von 'Gleichschaltung'. Mobo Doco | Noch ist es noch nicht zu spät, mit dem selbständigen Denken zu beginnen. Noch können wir die Vielfalt gegen die Einfal...

http://texorello.org/M1

> *Aber nun sitzt zutiefst im Deutschen die leidige Angewohnheit, nicht in Individuen, sondern in Ständen, in Korporationen zu denken und aufzutreten, und wehe, wenn du*

einer dieser zu nahe trittst. Warum sind unsere Witzblätter, unsere Lustspiele, unsere Komödien und unsere Filme so *mager? Weil keiner wagt, dem dicken Kraken an den Leib zu gehen, der das ganze Land bedrückt und dahockt: fett, faul und lebenstötend.*

Um es in 'Neudeutsch' auszudrücken: 'political correctness' ist der Anfang von 'Gleichschaltung'. Aufklärung und eigenständiges Denken verhindern beides und noch Schlimmeres.

$$E \oplus N \oplus D \oplus E$$

Das ist soooooo traurig? Wir bei texorello sind anderer Meinung. Sehen Sie auf die folgenden Seiten, da ist mehr als Sie glauben...

http://texorello.org

texorello ist ein moderner Verlag. Die texorello-engine realisiert ein revolutionäres Veröffentlichungskonzept: texorello verändert das Buch. Ein Portal in der Cloud, das alle möglichen Kommunikations- und Publikationskanäle adressiert und Vorgänge radikal vereinfacht. Es gibt jedem Autor die Möglichkeit, sich voll und ganz auf seine Kreativität zu konzentrieren. Die organisatorische Arbeit erledigt die texorello-engine. Das texorello Portal ermöglicht:

- Werke, die über Mediengrenzen hinweg reichen,
- das Publizieren auf allen möglichen Kanälen,
- Querbeziehungen zwischen und in Werken,
- Fortführung von Werken als Fan oder anderer Autor,
- faire Bezahlung der Autoren und
- einfachste Abläufe in der Publikation.

Auf den nachfolgenden Seiten ist ein Auszug aus dem aktuellen Verlagsprogramm von texorello zu finden. Die Werke werden Sie bestimmt überzeugen und in keinem Falle langweilen. Auf lesens- und ansehenswerten, unterhaltsamen und bildenden Werken liegt natürlich der Fokus von texorello. Überzeugen Sie sich selbst. Oder/und Sie werden selbst kreativ und nutzen die Möglichkeiten, die unsere einmalige texorello-engine Ihnen bietet.

Wünschen Sie regelmäßig neue Informationen über das Verlagsprogramm, die texorello Technologie und die Autoren? Dann registrieren Sie sich zu unserem Newsletter.
Im Abstand von zwei bis drei Wochen kommen die neuesten Nachrichten in Ihr Postfach.

der texorello Newsletter

http://texorello.org/W14C0P0

Mobo Doco

DKKV

Erster Teil der Attila-Dilogie

Der größte Betrug in der Geschichte der Menschheit. Propaganda, Hightech, Skandale am laufenden Band und das alles verursacht und zum Einsatz gebracht durch ahnungslose Steuergeldhändler. Wahnsinn und Chaos sind die natürlichen Folgen.

Aus der märkischen Provinz kommt etwas auf die Republik zu, das so niemand erwartet. Es hat das Potential zur vollständigen Veränderung des politischen Systems, das sich während der vergangenen Jahrzehnte etablierte. Außerdem kann es die Bedeutung und Einflußsphäre der Bäckerinnung und des Handels mit Backwaren vollständig verändern. Attila Schlottermüller läuft zur kriminellen und politischen Höchstform auf und setzt seinen Plan zum gigantischen Betrug schrittweise um.

Geht am Ende alles trotzdem gut aus? Und wenn ja, für wen geht es gut aus? Oder gibt es eventuell katastrophale Folgen? Die Wahl zum Bundestag offenbart viele Seiten des Landes.

http://texorello.org/W17C0P0

Mobo Doco

Der Wiedergänger

Zweiter Teil der Attila-Dilogie

Die Protagonisten des politischen Grabenkampfes stellen in der Mark Brandenburg ihre Truppen auf. Die Antigonisten fühlen sich herausgefordert und rüsten ebenfalls zum langanhaltenden Kampf. Dieses Mal zieht er sich über mehrere Monate hin - es stehen Schlachten zum Ende des Frühjahrs und des Sommers an. Der Ausgang ist unbestimmt, da neue Kräfte, mit denen niemand bisher gerechnet hat, das Schlachtfeld betreten.

Politik ist nur ein Geschäft unter professionellen Steuerhändlern. Alle anderen Mitglieder der Gesellschaft sind außen vor und am Ende bleiben nur leere Laternenpfähle und ein flüchtiger, schaler Gedanke an Freiheit.

Diese Enthüllungen lassen jedem Leser die Haare zu Berge stehen. Zur allgemeinen Beruhigung kann jedoch gesagt werden: Alle vier Jahre darf jeder Bürger sich demokratisch betätigen - mit dem Kugelschreiber auf dem Stimmzettel. In einigen Ländern kann man sich sogar fünf Jahre von diesem demokratischen Kraftakt erholen. Jetzt gilt jedoch erst einmal: Lasst das Wettringen um die Steuertöpfe beginnen!

http://texorello.org/W19C0P0

Birgit Bremerler, Mobo Doco

Träumen Politiker von Wahlschafen?

Überraschende Geheimnisse werden in Träumen offenbar. Gleichsam sind diese eine Offenbarung für jeden Psychologen. Die Träume von Politikern sind besonders interessant. Politikerträume sind ein Spiegel für die herrschende Schicht des Landes und deren untergründige Ängste.

Zufällig aufgefundene Akten eines Psychologen zeigen auf der einen Seite einen Verstoß gegen den Datenschutz an. Auf der anderen Seite sind die Inhalte für die Öffentlichkeit sehr interessant, wenn es sich um die Angstträume von Politikern handelt. Literarisch aufgearbeitet sind die Traummitschriften heute als die polit-psych-files (PP-Akten) bekannt.

Wie es zu dem Fund kam, hat Mobo Doco niedergeschrieben. Dankenswerterweise hat er dies und die Dokumentation des furiosen Endes der ersten Lesung der PP-Akten zur Verfügung gestellt. Es bildet den schmückenden Rahmen um die Politikerträume in diesem Werk.

Die Wahn-, Angst- und Hybrisfantasien der politischen Elite sind hier in eine lesbare, verständliche Form gebracht, nicht nur für Wahlschafe. Das verspricht viel Spaß, Gänsehaut und wohlige Gruselschauer beim Lesen und das ganz ohne den lästigen Aufwand, eine kryptische Handschrift entziffern zu müssen.

http://texorello.org/W20C0P0

Matthias Boldt, Mobo Doco

Drohnengeist im Gurkenglas

Mitten in der Mark Brandenburg geht Attila seine Selbstveränderung an. Leider kommt dabei einiges zu Schaden. Ein Feldherr hat die Lage, sich selbst und die Truppen im Griff. Attila versucht nur noch den Kopf über dem Wasser der Spreekanäle zu halten. Er ist der 'man on the run' - und niemand hält ihn auf.

Seine Flucht bringt ihn nach Storkow (Mark). Dort muss er sich technologischen, explosiven und mystischen Herausforderungen stellen. Verfolgt von Drohnen und anderen Gefahren, sucht er sein Heil tiefer in den Wäldern Brandenburgs. Technik und Flucht treiben ihn quer durch das Dahmeland in die mystischen, undurchdringlichen Weiten der Bruchlandschaft des Spreewaldes.

Für alle, die sich fragen, was das hier ist: Punk, Realität, Action, Abenteuer, ... einfach der alltägliche Wahnsinn.

http://texorello.org/W26C0P0

Matthias Boldt, Mobo Doco

Der Tag des Beils

Weihnachten, Jahreswechsel, Lichterfest ohne Drohnen - das geht gar nicht. Ohne modernste Technik sind Festivitäten jeglicher Art nur noch 'historischer Klamauk'. Wer heute keine Kerzen an den Weihnachtsbaum steckt, die sich mit dem Smartphone steuern lassen, ist definitiv von vorgestern - und Drohnen sind in dem modernen Haushalt die notwendigste Hilfe überhaupt. Früher, in der alten Zeit, da haben noch Hunde die Post vom Briefkasten geholt. Ja, und manchmal haben sie auch den Briefträger gebissen. Heute ist dafür die Hausdrohne zuständig. Die beißt den Postboten nicht mehr, sie verpasst ihm maximal einen neuen Haarschnitt: das ist Fortschritt!

So, oder so ähnlich, hat sich das, der aus der Spitzenpolitik geflüchtete, Attila in seinem Versteck im Spreewald auch gedacht. Kaum ist sein Gastgeber aus dem Haus, bereitet er auf eine sehr eigenwillige Art und Weise die Feiertage vor. Langeweile kann er nicht ertragen. Aus diesem Grund lenkt er sich mit allerlei technologischen Artefakten ab, die ihm auf dem Matz-elemec-Hof über den Weg laufen. Da summt und hüpft so einiges in Gurkengläsern. Alles, was man in modernen Bauernhäusern so finden kann, ist hier ver- und gesammelt. Attila muss es nur befreien...

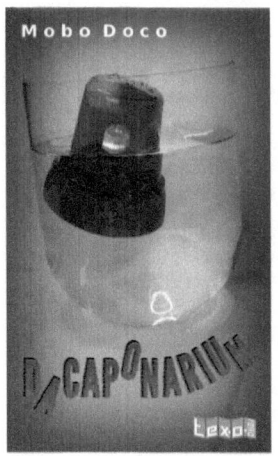

http://texorello.org/W27C0P0

Mobo Doco

Dacaponarium

Helden leben in einem abgeschlossenen Raum. Wie Fische in einem Aquarium haben sie in lichten Momenten einen Ausblick auf die Welt außerhalb. Das ist auch das Schicksal des Dacapo, der selten über die Grenzen seines Imperiums blickt. Geschieht dies doch, bereitet es ihm tagelang Kopfschmerzen. Die Welt außerhalb seiner Erkenntnisblase ist erschreckend vielfältig, unruhig und unberechenbar. Ihn stört, dass er sie nicht nach seinen Vorstellungen gestalten kann. Sie wehrt sich mit allen ihr zur Verfügung stehenden Kräften gegen seine Korrekturversuche, obwohl er das 'Schweizer Taschenmesser des Bundeskriminalamtes', dessen Geheimwaffe, ist. Er ist 'anonyma Zivila', der 'D'er 'A'bsolut 'C'h'A'otische 'PO'lizist. Immer wenn der Polizeigeheimdienst an die Grenzen seiner Möglichkeiten stößt, wird der Dacapo aktiv. Seine legendäre Aufklärungsquote von 120% erreicht er ohne wirkliche Anstrengung. Dabei hinterlässt er eine breite Spur der Verwüstung in der Welt des Verbrechens. Im Dacaponarium ist erstmalig die komplexe Psyche eines real existierenden Superhelden beschrieben. Es zeigt, wie Superhelden denken, woher sie ihre Energie beziehen und natürlich auch, worauf sie diese verwenden. Ausgewählte Erlebnisse des rastlosen, mächtigen und gewaltigen Superpolizisten sind in fünf Episoden beschrieben.

http://texorello.org/W28C0P0

Mobo Doco, Matthias Boldt

CARROTHAZARD

Mohrrüben sind giftig und gefährlich. Sie wussten das nicht? Zu ihrem Glück halten sie hiermit eine umfassende Aufklärungsschrift in ihren Händen. Dieses Buch räumt ein für alle Mal mit den Mythen um das angeblich gesunde Gemüse auf. Die Missstände im Allgemeinwissen der Menschen sind gewaltig, werden sie doch seit langer Zeit auf subversive Art und Weise von den Handlangern der gemeingefährlichen Karotten gestreut - Carrot Hazard!

Als es 1986 vor der Berliner Mauer brannte, sprach die eine Seite von einer bevorstehenden roten Invasion. Die andere propagandierte etwas von einem heimtückischen Anschlag des Klassenfeindes. Beide lagen falsch...

Leider ist die Höllenbrut nicht endgültig vernichtet. Im Dunkeln erstarkt, fühlt sie sich 2014 wieder bereit für einen neuen Auftritt. Attila Schlottermüller entgeht im Spreewald nur knapp einem mörderischen Anschlag der gemeingefährlichen Vampirkarotten. Als Sieger findet er für das Horrorgemüse eine passende Verwertung.

Nur drei Jahre später drängt die orangene Bedrohung auf eine Entscheidung. Unbeachtet erstarkt in den trüben Tiefen des Untergrundes, hat sich ein gewaltiges Heer an Mördermöhren zusammengefunden. Während die gesamte Republik mit Migranten und Flüchtlingen beschäftigt ist, wandern unbemerkt und ungehindert auch noch tausende Kaninchen in das Land ein und ziehen auf Berlin. Noch ist ihr eigentliches Ziel unerkannt.

http://texorello.org/W29C0P0

Mobo Doco

Brotokalypse

Hat man das Postfaktische unserer Zeit erst einmal erkannt und verinnerlicht, ist es schwer, mit denen auszukommen, die sich noch nicht auf dieser Bewusstseinsstufe befinden. Außerdem ist die Erforschung der Tiefe seelischer Absurditäten mühselig. Mit beiden Phänomenen unserer Zeit beschäftigt sich der Dacapo - ganz nebenbei. Leicht, ja nahezu lässig, schlendert er in eine apokalyptische Episode seines geheimen und geheimnisumwitterten Lebens hinein. Sieben Prüfungen sind ihm auferlegt und jede Bewältigung einer davon, hebt ihn auf eine höhere Bewusstseinsstufe.

Postfaktisch, gewaltig und nicht ganz legal stellt er die Grundlagen der Ernährung und der Verbrechensbekämpfung um. Egal! Der Dacapo regelt den Fall, wieder einmal komplett auf seine eigene Art und Weise. Als mächtiges, letztes Bollwerk gegen die Welt des Verbrechens, tritt er der Kriminalität und der Realität kräftig in den ... und rettet die bunte, große Stadt vor dem Sturz in den Abgrund.

www.bookcrossing.de

Was ist BookCrossing?

Es ist die Bibliothek für die ganze Welt - mit sozialem Netzwerk. BookCrossing gibt einem Buch eine unverwechselbare Identität, so dass es verfolgt werden kann, während es von Leser zu Leser weitergegeben wird und somit seine Leser miteinander verbindet. Inzwischen haben mehr als 1,5 Millionen BookCrosser über 11 Millionen Bücher in 130 Ländern auf die Reise geschickt. BookCrossing möchte Menschen durch Bücher miteinander verbinden. Kennzeichnen. Teilen. Verfolgen: Sie markieren Ihre Bücher mit BC IDs (BookCrossing IDentifizierungsnummern) und entlassen sie in die Freiheit, bevor sie Staub ansetzen. BookCrossing ist kostenlos.

BookCrossing und dieses Buch

Der Autor dieses Buches hat texorello gebeten, den BookCrossing-Aufkleber direkt auf die Rückseite des Einschlages drucken zu lassen. So können sie dieses Buch mit anderen Lesern teilen:

1. Melden Sie sich bei BookCrossing an, falls Sie noch nicht Mitglied sind.
2. Registrieren Sie dieses Buch bei www.bookcrossing.de und bekommen Sie den BC ID.
3. Vermerken Sie den BC ID auf der Rückseite des Buchumschlages.
4. Entlassen Sie das Buch in die Freiheit - an einem Ort Ihrer Wahl.

Denken Sie an die Umwelt und die Kultur! Teilen Sie Bücher, teilen Sie Kultur, bereichern Sie das Leben!